KB197936

자신의 선택도,
자신이 해 온 일의 결과도 아니었습니다.
부모 없이, 가정 없이 자랄 수밖에 없는
아이들이 우리 주위에 2만여 명이 있습니다.
저는 그 아이들의 마음이 항상 궁금했어요.
이 책을 읽으며 그 마음이, 그리고 그 상처가
그대로 느껴져 여러 차례 눈물을 흘렸습니다.
이 책을 통해 우리가 알아야 하는 슬픈 진실이
세상에 알려지길 바랍니다. 그래서 그 아이들에게
"너는 혼자가 아니야" 하며
손잡을 수 있길 바랍니다.

신애라 배우 추천사

이러려고 겨울을 견뎠나 봐

봄을 맞이한
자립준비청년 8명의
이야기

몽
실

씨앗은 언젠가 열매를 맺는다. 그 열매가 언제 어떻게 맺히는지 정확히 알지 못하지만, 반드시 열매가 맺힌다는 것을 안다. 겨울이 지나면 봄이 오듯이 매서운 추위도 끝이 있다. 이때 나무는 꽃을 피우고 열매를 맺는다. 우리도 나무처럼 추위를 견디고, 꽃샘추위를 지나 완연한 봄을 맞이했다. 아직 인생의 결말은 모르지만, 우리는 지금의 모습이 만족스럽다.

그렇게 '꿈 몽(夢), 열매 실(實), 열매를 꿈꾸다'라는 뜻을 담은 몽실이 탄생했다. 몽실은 보육 시설에서 생활하다가 퇴소한 청년들의 모임으로 시작되었다. 시설에서 함께 생활하다가 졸업한 8명의 청년이 어린 시절의 아픔을 딛고 일어나 더욱 단단해진 상황으로 각자의 삶을 살아가고 있다.

아직 수급자인 청년, 이제 막 취업한 청년, 부부인 청년, 사회 복지 현장에서 일하는 청년 등 각자의 자리에서 후배들을 위해 고군분투하며 지금까지 살아 내고 있다. 여전히 녹록지 않은 현실을 당면하며 살고 있으나, 그럼에도 후배들을 위해 함께 마음을 모아 여러 일을 감당해 내고 있다.

졸업한 보육 시설에서 진행하는 초·중학생의 나들이 자원봉사자로 아이들과 호흡을 맞추고, 고등학생을 대상으로 하는 선후배 자립 멘토링 프로그램의 멘토로 참여하여 지속적인 격려와 지지를 전하고 있다. 또한 앞으로 시설을 졸업한 아이들을 채용하기 위해, 그리고 조금 더 잘된다면 체인점을 내어 많은 자립준비청년들을 채용하는 사회적기업을 꿈꾸며 몽실커피를 운영하고 있다.

어린 시절 매서운 바람을 몸소 견디며 자라온 우리는 이제 어른이 되어 누군가에게 울타리가 되어 주고자 한다. 살다 보면 어려움은 언제나 도사리고 있으나, 함께함을 통해 위로를 채우며 또 위로를 전하고자 하는 우리의 이야기를 들려주고자 한다.

이 책을 통해 아직 겨울을 견디고 있는 사람들에게 위로가 되길 소망한다.

목차

✿

오르막길이 있으면 내리막길도 있다

✿

인생은 한약처럼 쓰디쓴 잔향이 남는 것

✿

아직 어리니깐, 다시 도전

[일러두기]

- 본 도서는 국립국어원 맞춤법 규정을 준수했으며, 일부 입말에 따라 표기하
  였습니다.
- TV 프로그램명은 ⟨ ⟩로 표기합니다.

와
세상 좋아졌다.
우리도 좋아졌다

눈에 띄는 행동을 하지 않았고, 솔직한 속내는 말하지 못했다. 이런 내가 어느 순간 불쌍하게 느껴졌다. 한창 사랑과 관심을 받고 자라야 할 어린아이는 겪으면 안 될 상황을 다 겪은 사람처럼 컸다. 그런데도 현재의 나는 스스로 멋진 어른이 되었다고 확신한다.

평범한 일상의
특별함

✳

요란스러운 바람이 겨울의 등장을 알리기 위한 입김을 부는 1990년 10월의 어느 날, 나는 눈을 제대로 뜨지 못한 채 전봇대 밑에 버려졌다. 울부짖지 않고 잠잠히 있는 나를 행인이 발견하고 곧장 경찰에 신고했다. 나는 찬바람을 맞으면서 울지도, 눈을 뜨시도 않있다. 경찰관은 내가 죽은 줄 알고 품에 안았다. 그런데 나에게 체온이 남아 있자, 곧바로 영유아 보육 시설로 인계했다. 나를 넘겨받은 원장 선생님은 다른 선생님 한 분을 시켜서 따뜻한 물로 먼저 씻기도록 하셨다. 유기된 채 시간이 얼마나 흘렀을까.

추위에 움츠려 있던 나를 따뜻한 물속에 푹 넣고 씻겨

주니 다시 어머니 태 속에 들어 있는 듯한 포근함에 잠들었다. 눈을 감았다 뜨니 보육사님 손에 들린 젖병을 힘껏 빨고 있었다. 눈을 감았다 뜨니 보육사님의 박수 소리를 따라 엉금엉금 기어가고 있었다. 눈을 감았다 뜨니 보육사님의 양손을 잡고 아장아장 걸어가고 있었다.

누군가의 도움 없이 걷기 시작할 때 비로소 주변이 보이고 내가 생활하는 공간과 함께하는 친구들이 보였다. 이곳은 나의 안락한 집이었다. 이곳에서 우리를 돌봐 주시는 분들을 엄마라고 불렀다. 나와 함께하는 친구도 많이 있어서 외롭지 않았다.

저녁 시간이 되면 방에 있는 친구와 옹기종기 모여서 만화 영화를 보곤 했다. 어린 시절 TV 속에 푹 빠져 있었고 당시 방영했던 <달의 요정 세일러문>과 <카드캡터 체리>, <천사소녀 네티>는 나의 여자 친구이자 미래 신부였다. <독수리 5형제>와 <지구 용사 벡터맨>, <꾸러기 수비대>, <피구왕 통키>는 나의 우상이자, 꿈이었다.

초저녁, 한창 만화 영화에 빠져 있다 보면 엄마는 우리를 재우기 위해 방으로 와서 취침 지도를 하셨다. 잠이 오지 않는 날은 엄마들의 수다를 들으며 나의 귀를 달랬다. 내가 누워 있던 맞은편에 TV가 있던 터라 엄마가 우리를 재우시고 TV를 켜서 볼 땐 실눈을 뜨며 몰래 보기도 했다.

영유아 시절의 어렴풋한 추억들은 나에게 소중했다. 때론 주저앉았으나 잘 헤쳐 나가면서 자라던 나의 영유아 시절은 영원하지 않았다. 마냥 <피터팬>의 환상 속에만 살 것 같던 나의 유년 시절은 막을 내리고, 혹독한 시련이 찾아왔다. 우리는 초등학교에 입학할 나이가 되어 학령기 이상의 누나 형 들이 생활하는 시설에 들어가야 했다.

내가 있던 곳은 영유아만 생활하는 곳으로 초등학교에 입학할 나이가 되면 더 이상 친구, 동생과 함께하지 못하고 뿔뿔이 흩어졌다. 그동안 누나나 형이 어느 순간부터 보이지 않았음에도 유대 관계가 엄마나 친구보다는 깊지 않다 보니 크게 신경 쓰지 않았다. 형이나 누나가 다른 곳으로 갈 땐 나의 서열이 한 단계 올라갔고, 조금 더 엄마와 가까워졌기 때문에 더욱 개의치 않았다.

보통날과 다르지 않게 저녁을 먹고 친구와 도란도란 모여 앉아서 만화 영화를 보는데, 이날은 엄마가 우리를 불러 앉히고 몇 날 며칠에 놀이동산에 데려간다고 하셨다.

놀이동산에
가는 날

✳

엄마의 눈에 먼지가 들어가서 눈물이 계속 난다고 했을 때 알아차려야 했다. 나를 포함한 또래만 놀이동산에 데리고 간다고 했을 때 알아차려야 했다. 놀이동산에 간다는 들뜬 마음만 앞서서 엄마의 흐르는 눈물을 아무렇지 않게 생각 했다. 승합차를 타고 내렸을 때 우리와 마주한 건 놀이동 산만큼 넓은 보육 시설이었다.

　우리가 도착한 곳은 초등학교 1학년부터 고등학교 3학년의 형, 누나가 생활하는 큰 시설이었다. 초등학교 1학 년의 나이로 입소한 첫날, 고등학생 큰형들은 새로 입소한 우리를 보러 와서는 교육, 아니 무자비한 폭행을 행했다.

처음 입소하는 모든 아동에게 행하는 신고식인지는 모르겠으나, 우리가 견디기에는 신체가 약하고 정서적으로도 불안정했다.

그곳에서 행해진 첫 신고식은 내가 영유아 보육 시설에서 겪은 고통과는 비교되지 않았다. 초등학교 1학년 아이는 누군가에게 맞으면 아프고, 아프면 눈물이 나는 게 당연한데, 눈물을 흘리면 더욱 맞아야 했다. 나는 넘치는 눈물과 신음 소리를 양손으로 틀어막으며 겨우 참았다. 그렇게 입소 첫날, 우리는 맞으면서 이곳의 규율을 익혔다.

놀이동산에 데리고 간다는 것이 이것이었는지, 놀이기구를 타며 행복하게 비행하는 우리의 모습은 온데간데없었다. 몸집이 작고 가녀린 우리를 공중에 들어서 바닥에 마구 던졌다. 이날 위계가 무엇인지 몸으로 경험하고서야 큰형들은 돌아갔고 우리는 무사히 잠자리에 들 수 있었다.

눈물이 나왔다. 기도가 나왔다. 다시 돌아가게 해 달라고, 하나님께 살려 달라고, 내가 기억하는 주기도문도 외워 봤는데… 아무리 입을 틀어막고 소리를 안 내려고 해도 설움이 복받쳐서 울음소리가 새어 나왔고, 흐르는 눈물은 멈추지 않았다. 밤새 눈물을 흘리고 기도하다가 잠들었다. 기도가 많이 약했는지, 이곳에서 형들의 눈치를 보며 하루

하루를 보냈다. 우리는 폭력에 노출된 채 살아갔다.

　　태어나면서 알게 모르게 받아 왔던 충격과 고통, 분리 불안을 비롯한 다양한 불안 요소들은 나를 골칫거리 아동으로 만들었다. 초등학교 저학년까지 수업을 거의 따라가지 못하고, 수업을 듣는 도중에 물을 마시고 싶으면 밖으로 나갔다. 학교 앞 문방구에서 물건을 훔치기도 하고, 조례 시 전교생이 운동장에 모인 시간을 틈타 각 교실에 들어가서 가방을 뒤지는 등 부조리를 수시로 일삼았다. 안 그래도 부모 없이 자랐다며 이미 낙인찍혀 있는데 보기 좋게 낙인에 걸맞은 행동까지 하고 있었다. 세상이 말하는 '못 배운 티'를 내고 있었다.

나의 히어로,
3학년 담임 선생님

＊

나에게 희망이 보이지 않는 상황 속에서 먼저 나의 아픔을 감싸 주고 변화하도록 이끌어 준 분이 초등학교 3학년 담임 선생님이셨다. 담임 선생님께서는 내가 받아 본 적 없는 관심을 나에게 쏟으셨다. 나의 잘못된 행동을 꼭 안아 주셨다. 낯설었디. 누군가에게 관심을 받는다는 게 어색했지만, 그 품은 너무 따뜻했다.

내가 살던 시설은 연고자가 직접 찾아와서 외박 신청을 하지 않는 이상 외박이 불가능한 곳이었다. 연고자가 없는 나는 외박이라는 것을 해 본 적이 없었다. 외출은 간혹 단체 행사가 있을 때나 가능했다. 이런 내가 처음으로 외박의 기회를 얻은 것도 담임 선생님과 간 교회 수련회 덕분이었다. 선생님께서 직접 보육 시설에 연락해 주셔서 수련회에 참석해 여러 사람과 어울렸다.

사랑과 격려가 넘치는 공동체, 내가 속하면 안 되는 공간인 줄 알았는데…. 학교에서는 이례적으로 3학년의 같은 반 친구들이 그대로 4학년으로 올라가서 1년을 다시 함께하게 되었고, 담임 선생님도 함께하셨다. 담임 선생님의 진심 어린 사랑은 얼어붙은 내 마음에 따스한 온기를 불어넣었고, 인생을 향한 나의 태도가 변하기 시작했다. 비로소 따스한 햇살을 느꼈다. 그동안 내가 주변 사람에게 보였던 모습이 너무 부끄러웠다. 남에게 큰 피해를 준 것을 알게 되었고, 누군가의 가르침을 통해서가 아닌 나 스스로 변화하려고 노력했다.

우선 의미 없는 구타와 험담, 질책으로 폭력을 대물림하지 않겠다고 생각했다. 그 당시 여전히 맞으면서도 독하게 마음먹었다. 스스로가 불쌍하다고 여기면서도, 동생들에게 그 고통을 대물림하는 내가 어리석다는 생각이 들었다. 이제는 타인에게 의미 없는 상처를 주지 말아야겠다는 마음을 품었다. 이후 나의 폭력성은 사그라들었다.

폭력의 대가는 상처뿐인 걸 인지하고 나서, 타인의 아

품에 공감하고 배려하기 시작했다. 이를 바탕으로 추후 사회복지사의 길을 걷게 되었다. 큰 보육 시설에 온 후 중학교에 다닐 때까지 단 하루도 두려움이라는 감정을 안 느낀 날이 없었다. 희망이라는 것을 찾아볼 수 없던 내 인생도 고등학생이 돼서야 숨통이 트였다. 비로소 온몸을 감싸던 먹구름이 걷히고 맑은 하늘 아래로 쏟아지는 햇빛을 느낄 수 있었다. 그 따스함이 내 몸을 보듬고 위로해 주었다.

내가 바라는
내 모습

✳

보육 시설에서 고등학교 3년의 과정을 모두 마치면 졸업과 동시에 자립을 위해 퇴소하게 돼 있다. 내가 고등학생이 된 해에 우리를 괴롭히던 형들이 모두 퇴소했다. 시설의 분위기를 새롭게 전환할 필요가 있었다.

동생들은 고등학생이 된 우리가 퇴소한 형들과 다를게 없다고 생각할지 모르겠으나, 우리는 그 악질 행동에 진절머리가 나서 절대 저렇게는 행동하지 않겠노라 다짐한 상태였다. 무분별한 폭행 문화가 다시는 반복되지 않도록 노력했다.

환경 속의 인간(PIE, Person in Environment)이라고 했던가,

보통 폭력에 노출되어 수년간 학대받은 아동은 자라서 자신에게 힘이 생기면 같은 행동을 반복하기 마련이다. 마찬가지로 보육 시설은 워낙 폭력이 빈번해서, 설립 이래로 폭력 대물림이 끊긴 적이 없었다. 어쩌면 당연한지도 모른다.

지금 생각해 보면, 당시 '나는 절대 저렇게 살지 말아야지' 하고 굳게 다짐한 것에 참으로 감사하다. 수없이 맞으면서 악습을 끊어 버리고 싶다는 마음이 반복되었고, 무분별한 폭력을 멈추게 만든 것 같다.

고등학생이 되자, 공부에 흥미를 느끼기 시작했다. 학교에서도 즐겁게 생활하며 그동안 생각하지 못한 내 인생의 방향과 목표를 세웠다. 내가 살던 보육 시설은 학생회를 구성하고 아이들을 대상으로 회장과 부회장, 서기 등의 임원을 선출하여 각자에게 직책을 맡겼다. 내가 고등학교 2학년 때에는 학생회 부회장을, 고등학교 3학년 때에는 학생회 회장이라는 직책을 맡아서 동생들에게 본이 되는 삶을 살려고 노력했다.

시설의 큰형으로서, 책임감으로 동생들을 지도하겠다고 생각했다. 보육 시설의 마지막을 어떻게 장식할 것인가가 나에겐 중요한 과제였는데, 그렇다고 고등학교 시절을 치열하게 살거나 미래를 위해 매일 공부에 전념한 것은 아니었다. 보육 시설에서 모범적으로 생활하면서도 얻은 자유를 맘껏 누리며 생활했다.

내가 있던 보육 시설은 넓은 운동장이 있어서 학교를 다녀와서 친구나 동생과 함께 축구나 농구, 술래잡기를 하는 등 밖에서 놀이 활동을 했다. 보고 싶은 드라마나 만화영화가 있으면 방학 기간을 이용해서 하루 종일 보기도 했고, 동생들과 열심히 외부 청소도 했다.

보육 시설 안에 있는 큰 목욕탕에서 수요일마다 물장난도 하고 따뜻한 탕 안에 둘러앉아 게임을 하기도 했다. 함께 김치볶음밥을 만들어 먹고 라면도 끓여 먹었다. 해가 중천에 뜰 때까지 푹 자기도 했다. 이렇게 함께 생활하고 살아가는 것이 신이 나고 즐거운 일이라는 걸, 고등학생이 되어서야 알게 됐다.

친구, 형제, 가족처럼 이해하고 함께할 때 더할 나위 없는 즐거움과 행복이 온다는 것을 느꼈다. 이렇게 많은 친구를 사귀고 많은 선생님의 가르침을 받으며 사고를 확장해 나갔다. 졸업 후, 이 울타리에서 벗어나서 나만의 삶을 개척해야 했기에 진로를 고민하기 시작했다. 내가 무엇을 하고 싶은지, 무엇을 잘하는지, 무엇에 관심과 흥미를

느끼는지 등 깊이 생각해 보았다. 고심 끝에 사회복지학과
에 진학하게 되었다.

캠퍼스의 낭만은
짧았다

❋

대학교 1학년일 때, 타지에서 온 친구들을 비롯해서 저마다 다양한 색을 가진 친구들을 알아가는 재미가 있었다. 이들과 함께 밥을 먹고, 과제하고, 술을 마시며 노는 것이 그저 낭만이었다.

그러나 2학년이 되니 남자 동기들은 군대에 가기 시작했다. 나는 군 면제가 되어서 여자 동기 틈에서 홀로 대학 생활을 하게 되었다. 보통 남자가 군 면제라 하면 몸이 좋지 않다거나, 체중이 미달이거나 등의 이유인데 나는 교내 체육대회가 열리면 매우 적극적으로 참여했고, 군 면제 사유가 되는 삼대독자나 메달리스트도 아니었다.

일반 사람들이 잘 모르는 이유가 있었다. 보육 시설에서 5년 이상 보호된 이력으로 군 면제가 된 것이다. 몸도 튼튼하고 삼대독자나 메달리스트도 아닌 내가 군대를 안 가니 당연히 함께하던 사람들은 의아해했다.

내가 군대에 가지 않는 이유를 직접 묻기도 했다. 나는 보육 시설 생활로 군 면제가 되었다는 말은 차마 하지 못하고, 건강이 좋지 않아서 면제되었다며 주제를 돌렸다. 하지만 누가 봐도 건강하다 보니 의심의 눈초리는 피하기 어려웠다. 몇몇 동기는 학과 사무실에서 일하면서 나의 사정을 알았을 것 같다.

내가 보육 시설에서 지낼 당시에 만 18세가 돼서 고등학교를 졸업하면 아동복지법에 의하여 대학 진학이나 직업 훈련 시설에서 교육받지 않는 이상 퇴소해야 했다. 지금은 아동복지법이 개정되어 만 18세가 돼서, 고등학교를 졸업해도 자신이 원한다면 조건 없이 연장 보호가 가능하다.

나는 복합적인 이유로 휴학하고 싶은 마음이 들었다. 군대에 왜 가지 않느냐는 질문에 그럴듯한 답변을 내놓느라 지쳐 갔다. 그렇다고 사실대로 말하기엔, 타인에게 나의 조각난 과거를 들키고 싶지 않았다.

불쌍하게 보는 시선이, 다르게 보는 시선이, 그리고 부정적으로 보는 시선이 두려워서 남들과 최대한 비슷한 환경에서 자란 아이처럼 보이고 싶었다. 동기 및 선배와 주고받는 대화 중 부모님이나 가정사에 대한 이야기가 나오면 이어가던 대화를 멈추고 어찌할 바를 몰라서 그 자리를 벗어나거나 대화 주제를 전환하기에 급급했다.

마음이 힘들었지만, 휴학하면 보육 시설에서 연장 보호 사유가 사라지는 데다, 의미 없는 휴학으로 시간을 허비하기 싫었다. 결국 여자 동기들과 군대를 막 졸업한 남자 선배들 틈에서 조용히 학교에 다녔다.

나의 대학교 1학년 생활은 모든 것이 즐겁고 재밌었다면, 2학년부터는 학과 수업을 따라가고 틈틈이 아르바이트하며 부진한 외국어를 공부하느라 바빴다. 드라마나 영화에서 본 대학교는 꿈이자 로망의 공간이었는데…. 막상 대학교에 다녀보니 로망은 뒷전이었다.

4학년이 되던 해에 본격적으로 취업 준비를 시작했다. 남들은 대학 입학과 동시에 취업을 위해 어학연수나 각종 자격증 취득, 외국어를 공부하며 스펙을 쌓았다. 그에 비해 난 무엇을 하며 학교에 다녔는지 알 수 없었다.

자격증을 한 가지도 취득하지 못한 채 졸업할 판이었다. 지금부터라도 정신을 차리고 졸업 전까지 할 수 있는 것은 해야 했다. 졸업에 필요한 토익 점수를 따야 했고, 졸업 전에 사회복지사 1급을 취득해야 했으며, 대학 졸업과 동시에 보육 시설에서 나가야 해서 퇴소 준비를 해야 했다.

제일 먼저 햄버거 가게 아르바이트를 그만뒀다. 2년 반이 넘는 시간 동안 일하며 많은 사람을 만나고 추억을 쌓은 곳이지만, 아쉬움을 뒤로한 채 그만뒀다. 토익 공부와 1년에 한 번밖에 없는 사회복지사 1급 자격증 시험을 위해 매일 공부했다. 그리고 공부하면서 졸업 후 어디서, 어떻게 생활할지 틈틈이 알아봤다. 고생한 덕분에 무사히 졸업도 하고, 사회복지사 1급 자격증도 취득했다. 이젠 내가 살던 보육 시설과 이별할 시간이었다.

대학교의 모든 교육 과정을 끝내고 졸업을 앞둔 시점에 첫 직장을 쉽게 구할 수 있었다. 내가 살던 시설의 선생님께서 퇴사 후 장애인 주간보호센터를 막 개소하고, 나를 채용해 주셨다. 나는 그 기회를 놓칠세라 덥석 물었다. 퇴소까지 약 한 달을 남겨 두고 보육 시설에서 출퇴근했다.

첫 직장에서 업무를 배우고 익히는 사이, 시간이 빠르

게 흘렀고 졸업식 당일이 되었다. 내가 근무하던 곳의 센터장님은 졸업식에 다녀오라고 하셨으나, 직원이 없으면 운영하기 힘든 것을 알아서 거절했다. 대신 조금 일찍 마치고 졸업 증서를 받기 위해서 학교로 달려갔다.

설레고 빛났던 4년의 대학교 생활이 주마등처럼 스쳐 지나갔다. 오후 늦은 시간, 4년 동안 수업을 들었던 대학교 건물에서 졸업 증서를 받고 혼자서 복도를 걸어 나왔다. 그때 창문 밖으로 보이던 붉은 노을이 나의 졸업을 축하해 주었다. 기쁘고 대견한 마음, 한편엔 두려움과 막연한 마음이 교차했다. 그리고 나에게 주어진 마지막 과제가 생각났다. 퇴소였다.

드디어 보육 시설을 떠나는 날, 차마 발길이 떨어지지 않았다. 내가 지내던 방이 이렇게 넓었던가, 오랜 생활로 쌓여 있던 짐들을 다 빼고 나니까 텅 비어 있었다. 매일 동생들과 축구하며 뛰어놀던 운동장, 일주일에 한 번씩 함께 때를 밀던 목욕탕, 조용한 날이 없던 생활관, 교육과 프로그램을 진행하던 강당, 깡통차기와 술래잡기를 하던 사무실 앞마당과 잔디밭. 내 인생의 전부였던 공간을 하나하나 밟으며 회상했다.

나이가 제일 많은 형의 눈치를 보느라 고생한 동생들

과 물심양면으로 돌봐 주셨던 선생님들이 떠올랐다. 그동안 나와 함께해 준 사람들에게 감사했다. 나는 이곳에 남는 사람들에게 인사하고 보육 시설을 떠났다.

　보육 시설을 떠난 첫날 밤. 누워서 천장을 바라보고 있으니, 눈앞이 흐려지면서 양쪽 눈에서 눈물이 흘러나왔다. 집에 오면 누군가 반겨 주었는데, 늘 시끌벅적하게 이야기하며 잠들 줄 알았는데, 이젠 누구 하나 반겨 주는 사람 없이 정말 혼자라는 생각에 더욱 슬펐다. 낯선 집 안은 고요했다. '이겨 내야지, 이겨 내야지.' 그날 밤 눈물을 흘리며 되새긴 한마디였다. 늘 그래 왔던 것처럼 이겨 내야지.

살아 내느라
고생했네

✳

돌이켜 보면 내가 그동안 남들만큼 누리지 못해서 얻은 아픔과 결핍은 되레 나를 성장시켰다. 부모 없이 혼자 자라면서 감당했던 상처는 세상에서 악착같이 사는 동력이 되었고, 결혼을 결심하는 계기가 되었다. 내가 누리지 못했던 어릴 적 행복과 자유를 내 자녀는 누리게 하고 싶다는 생각이 들었다. 자녀가 수많은 것을 경험하고, 새로운 것을 알도록 가르쳐 주고, 온전한 사랑을 주겠다는 목표가 생겼다.

　돈이 없어 보니까 돈의 소중함을 절감했다. 가난이 무엇인지 알게 되면서, 형편이 어려운 사람의 마음을 이해했고, 돕고 싶었다. 시야가 넓어지면서 겸손을 배웠고, 감사함을 알게 되었다. 나는 기억도 나지 않는 어린 날, 추울 때 버려져서 장시간 저체온이었고 그래서인지 건강이 좋지 않았다. 덕분에 건강의 소중함을 알고 누구보다 열심히 운동했다. 지금도 운동하며 건강을 유지하고 있다. 건강하지 않아서 아픈 사람의 마음을 이해할 수 있었다.

보육 시설에서 자랐다 보니, 시설에 사는 아이의 마음을 누구보다 깊이 이해하고 파악할 수 있었다. 이 아이들에게 무엇이 필요하고 무엇으로 보듬을 수 있는지를 알게 되었다. 결핍은 타인을 이해하는 원동력이 된다. 부족함으로 족함을 알게 된다. 모두가 이렇게 조금씩 성장한다.

시설은 아이들이 온전히 성장하기에 제약이 많다. 어쩔 수 없으나 참으로 많다. 분명히 예전에 비해 많은 부분이 지원되고 개선되었으며 시설 내의 학대 사건도 현저히 줄어들었다. 선배의 폭력 양상도 크게 줄었다고 한다. 그럼에도 그 환경에서 살아 낸다는 게 아이들에게 버겁다.

우리는 우리의 잘못이 아닌 것을 잘 안다. 우리의 잘못으로 시설에 들어왔다고 생각하지 않는다. 하지만 시설에서 산다는 게 가정에서 생활하는 또래에게 숨기고 싶은 사실이자 부끄러운 현실이라 생각한다. 그렇게 자존감과 자신감을 잃게 된다.

어쨌든 열악한 환경을 잘 살아 내었으니, 시설에서 졸업하게 되더라도 잘 지냈으면 좋겠다. 보육 시설에서 퇴소해서 세상 밖으로 나섰을 때 자유로움과 두려움이 공존할 것이다. 그토록 원하던 자유가 주어져도 이것을 어떻게 하면 건강하게 사용할 수 있을지 모르는 사람이 많을 것이다. 또한, 내가 무엇을 하든 신경 쓰는 사람이 없다 보니 외로울 수 있다.

그래도 이 책을 통해서 누군가 당신을 응원하고 있다는 걸 알았으면 좋겠다. 잘 지냈으면 좋겠다. 수고했으니, 고생했으니 이젠 내가 살고 싶은 나로 살아야 한다. 그렇게 성장하기 위해 부단한 노력을 해야 할 것이다. 남들보다 속도가 느리고 출발선이 다를지 모른다. 그럼에도 해내야 한다. 보란 듯이 세상을 살아 내야 한다. 당신은 그렇게 당당히 살아야 한다.

도화지에 형형색색 얼룩을
찍어 만든 화폭, '몽실'

✳

시설에서 살다가 퇴소한 우리는 수중에 돈이 없어서 각자
빚을 내고 모아서 후배를 돕기 위한 넓은 공간의 카페를 차
렸다. 사실 우리는 명절에만 모여서 담소를 나눴지, 자주
모이지는 않았다. 각자도생하다 명절이 되면 오갈 데가 없
어서 서로를 위로하자며 1년에 서너 번 특별한 날에 보는
것이 다였다.

이랬던 우리가 뜻을 모아서 같은 시설의 고등학생 후
배에게 어른으로서, 인생의 선배로서, 시설에서 먼저 퇴소
한 사람으로서 이들의 자립을 지지하고, 또 지원하고자 모
임을 시작했다.

지금은 시설에 사는 고등학생들의 멘토 활동과 더불어 초·중학생의 문화 체험 활동의 자원봉사자로 함께한다. 나아가 우리 시설의 아이들만 챙기기보단, 전국 각지 시설에서 생활하다가 퇴소한 이들에게 우리만의 특수성을 가지고 돕고자 카페를 차리게 되었다. 카페를 열기 전 주변의 조언과 도움을 구하기 위해서 이리저리 문을 두드렸다. 돌아오는 건 장사가 쉽지 않다는 우려였다.

　　그럼에도 우리는 자립준비청년(보호종료아동)들과 함께하기 위해서 원대한 꿈을 안고 각자의 사비를 모아서 카페를 차렸다. 장사가 잘되면 전국 각지에 체인점을 내고, 카페 지점장을 하나씩 맡아서, 자립준비청년들을 채용한 후 안정적인 일자리를 창출해 내고 싶었다. 요식업 대부인 백종원 선생님을 능가하는 몽실커피를 만드는 게 목표였다. 우리는 오픈하기도 전에 김칫국부터 한 사발 시원하게 들이켰다.

　　'그래, 해보자.' 카페로 사용할 공간을 계약하면서 막대한 돈을 지출했다. 우리는 돈이 없어서 인테리어 공사에 직접 뛰어들었다. 기자재 구입부터, 테이블 조립, 소품 구입 및 배치, 벽돌 나르기, 페인트칠 등으로 새단장을 하고 드디어 카페 문을 열었다. 카페를 오픈하고 많은 분이 관심을 가져 주고 응원해 주셨다.

하지만 카페는 계약 기간인 2년을 끝으로 재연장하지 않고 종료하기로 했다. 우리와 같은 시설을 퇴소한 아이들뿐만 아니라 부산 내의 타 시설, 그리고 타지방의 자립준비청년까지 찾아와서 함께 이야기하는 공간으로 활용했으나, 결국엔 문을 닫게 되었다. 주변 상권도 죽은 마당이라 우리가 운영을 못해서 그런 게 아니라며 나름의 핑계를 댔다. 그러나 큰 문제는 카페를 열면서 각자 빚으로 냈던 돈도 제대로 받지 못하고 사라지게 된 것이었다.

우리는 실패한 것일까? 우리는 시설에서 함께 자란 청년들이다. 세상의 타산으로 보면 서로의 잘못으로 여길 법도 한데, 카페를 접는다고 했을 때 누구에게도 탓을 돌리지 않았다. 우리 멤버 중 직업을 가진 이들을 제외하고 총대를 메고 운영했던 멤버들에게 수고했다는 한마디만 전했다. 우리는 카페를 운영하기 위해서 냈던 돈을 돌려받지 못하는 것에 대해 이야기하지 않았다.

카페를 운영하기 전에 우리는 혹시 잘못되더라도 서로를 탓하지 말고, 나아갈 방향을 찾고 성장하는 것에 초점을 두자고 했다. 나는 카페가 잘될 줄 알았다. 자립준비청년에 대한 관심도가 높고, 우리도 나름대로 열심히 한다고 했으나 마음처럼 되지 않았다.

우리 공동체 개개인의 과거를 보고 있으면, 아니 지금만 봐도 내세울 것 없이 초라해 보인다. 그러나 다시 일어나 함께 살아 내고 있다. 첫 시도는 기대에 미치지 못했지만, 다시 카페를 오픈하고 다른 누군가에게 도움을 주기 위해 나아가고 있다. 우리는 또 실패할지도 모른다. 그러나 지금처럼 계속 나아갈 것이다.

자립을 품고
살아간다

✳

자립이라는 것은 인생을 살아 내는 과정이다. 나는 지금까지 남들보다 뒤처진다는 생각에 아등바등 살아왔다. 시설에서 생활하다 보니 다양한 경험을 하지 못했고 누군가 가르쳐 주지를 않았으니, 자신의 감정을 이해하는 데도 오래 걸렸다. 적절한 관계를 맺을 기회도 부족해서, 타인과 소통하고 관계를 맺는 데 오래 걸렸다.

보육 시설이라는 울타리 안에서 규율이 존재하는 단체 생활에 익숙하다 보니, 사회를 배우는 데 오래 걸렸다. 그러니 성숙한 어른이 되기 어려웠다. 자립준비청년의 모습은 이렇다. 그걸 깨달았을 땐 이미 퇴소가 앞에 놓여 있었다. 독립을 준비해야 했고 사회를 배워야 했다.

나도 온전히 자립하기 위해 애써 봤기에, 그 어려움을 잘 알고 있다. 아동 복지 현장에서 일하고, 후배들의 자립을 조력하면서 그 중요성을 더욱 절감했다. 보육 시설의 환경 역시 낱낱이 알고 있다. 살기 위해 이렇게까지 하지 않으면 진정한 자립을 못 이룰 것만 같아, 아이들에게 철저한 준비를 강요했다.

"얘들아, 돈을 허투루 쓰면 안 된다."

"얘들아, 입사하면 한 곳에 최대한 오래 있어야 한다."

"얘들아, 좋든 싫든 사람을 많이 만나라. 싫은 사람에게도 그렇지 않은 척, 가면을 써야 한다."

사람은 다양한 경험을 할수록, 세월이 흐를수록 성숙해진다. 특별한 무언가를 하지 않아도, 사람마다 정도와 속도가 다를 뿐 분명하게 성장한다. 어느 순간 내가 아이들에게 강요했던 위의 말이 100퍼센트 맞는 말은 아니라는 걸 알게 되었다.

무의미한 시간은 절대 없다. 일을 안 하고 가만히 있더라도, 흘러가는 시간 속에서도 깨닫는 바가 있다. 지금이 아니라 나중에라도, 내가 이 일을 하고 있는 게 맞나 싶을 정도로 좌절할 때도 알게 되는 바가 있다.

내가 한 직장에 오래 다니면 다니는 대로, 일하기 위해 고민하면 또 그러는 대로, 낯선 곳을 여행하면 하는 대로, 대학에 다니면 다니는 대로, 게임을 하면 게임을 하는 대로 이것이 헛되지 않은 경험으로 쌓인다. 그 경험으로 전화위복할 수도 있고, 나를 괴롭히는 사람을 보며 반면교사로 삼을 수도 있다. 나에게 맞는 자립으로 도약하도록 인생을 이끌어 줄 것이다.

그래서 산다는 것은, 자립한다는 것은, 직장 생활을 한다고 완성되는 것이 아니다. 결혼 생활을 하면 자립한다고 말할 수 있는 것도 아니고, 내가 높은 지위를 가지고 있다고 해서 자립한 것도 아니다. 타인의 기준이 아닌 내가 가진 기준으로 스스로 만족할 때, 비로소 자립한 거라고 생각한다.

당신의 어떤 모습이든 괜찮다. 사회가 말하는 자립을 기준으로 하는 게 아니라, 타인에게 피해를 주지 않는 선에서 나만의 자립을 찾아야 한다. 일을 하든 하지 않든, 타인과 관계를 맺든 안 맺든, 공부를 열심히 하든 하지 않든. 지금 자신에게 주어진 순간을 만족하면 진정한 자립에 성공한 것이다.

있는 모습 그대로 받아들이고 선택에 후회하지 않으

면 된다. 아니, 후회는 살아가는 동안 필연적이니까 돌이킬 수 없는 후회만 되도록 피하면서 살아가자. 단, 크게 실패할까 봐 두려워서 시도하지 않은 것이 살아가면서 두고두고 생각날 것 같으면 당장 움직이자. 풍부한 삶을 위해선 조금의 용기와 의지가 필요하다. 이것이 자신의 인생에 당당할 수 있는 비결이라고 생각한다.

어린 시절, 나는 영유아부터 학창 시절 내내 양육자의 사랑을 받기 위해, 칭찬을 받기 위해, 형들에게 폭행당하지 않을 생각만 하며 지냈다. 눈에 띄는 행동을 하지 않았고, 솔직한 속내는 말하지 못했다. 이런 내가 어느 순간 불쌍하게 느껴졌다. 한창 사랑과 관심을 받고 자라야 할 어린아이는 겪으면 안 될 상황을 다 겪은 사람처럼 컸다. 그런데도 현재의 나는 스스로 멋진 어른이 되었다고 확신한다.

지금은 평범한 하루하루를 감사히 살고 있다. 우리는 매일 기적을 경험하고 있다. 자가로 호흡하고 있고, 쾌적한 기분으로 아침에 눈을 뜬다. 향기로운 꽃 냄새를 맡을 수 있고 주변 사람과 웃음을 나누며, 좋아하는 음식을 먹을 수 있다. 움직일 수 있고 뛸 수 있다. 당연한 것이 당연하지 않게 될 때, 비로소 우리의 일상이 기적이었음을 깨닫게 된다.

　나는 계속 성장할 것이다. 보란 듯이 성장할 것이다. 여전히 세상을 살아가는 것이 고되고 허무하며 지친다. 지금도 실패를 경험하고 좌절하지만, 소망을 품고, 사명을 가지며 이 땅에서 살아 낼 것이다. 앞으로 빛날, 전에도 그랬고 지금도 여전히 빛나는 인생임을 잊지 않기로 스스로와 약속했다.

　해는 늘 떠 있다. 먹구름에 가려져 있을 뿐. 먹구름이 걷히면 늘 비추는 햇살을 발견한다. 얼마나 맑아지려고 우리에게 이런 먹구름이 몰려왔을까 생각하며 기다려 보자. 우리는 오늘도 빛나는 존재다. 세상이 우리를 두고 보길 바란다. 우리는 여전히 살아서, 힘차게 나아갈 것이다.

와 세상 좋아졌다. 우리도 좋아졌다

혼자가 아닌,
여럿이 함께

깜깜한 어둠 속의 한 줄기 빛이 양분이 되어 서서히 내 삶을 밝혔다. 남들은 경험하지 못한 인생을 지나왔다. 소외된 오리가 백조가 되었듯. 특별한 경험이 나를 성장시켰다. 떠돌이 인생, 보육 시설의 아이. 이제는 이 키워드가 내 삶을 의미 있게 만든 원동력이 되었다. 내 어린 시절은 특별했다.

7살,
내 보호자는 나였다

✳

2002년 대구의 어느 경기장. 시원하게 울려 퍼지는 사람
들의 응원 소리.

"대~한민국~!"

전광판에 보이는 안정환의 반지 세리머니를 보며, 밝
은 에너지로 뛰어논 것이 내 기억의 시작이다. '참 잘 견뎠
구나.' 내 어릴 적 시간을 돌아보면 이렇게 말해 주고 싶다.
나는 1997년 9월 29일, 대구에서 태어났다. 어린 시절을
생각하면 엄마의 모습이 많이 떠오른다. 아빠는 항상 타지
에 계셨다. 나와 남동생을 홀로 기르시던 엄마의 모습만
선명하다. 우리를 향한 사랑에 조금도 부족함이 없어서였

을까, 추억으로 가득하다. 따뜻하고, 행복했던 그 시절. 가끔 우리가 계속 함께하면 어땠을지 상상해 본다.

7살이 되던 어느 날 저녁, 엄마가 무척 아파 보였다.

"밥 잘 챙겨 먹고, 건강해야 해."

엄마가 눈물을 흘리며 마지막으로 우리에게 해 주신 말이다. 떠나보내는 것 같은 말투, 그것을 끝으로 아빠가 찾아오셨다. 나는 앞이 안 보일 만큼 울면서 '엄마가 죽을 병에 걸려서 우리와 함께할 수 없는 건가?' 하고 걱정했다.

"아빠⋯ 이제 엄마랑 같이 못 살아요⋯?"

"그래. 앞으로 엄마는 생각하지 마라. 못 볼 거니까."

쏟아지는 울음을 참을 수가 없었다. 엄마가 죽는구나. 얼마나 슬퍼했을까, 계속 우는 우리를 향한 아빠의 호통에 더 이상 울 수 없었다. 나는 새로운 환경에 적응해야 했다. 아빠는 사라지셨고, 우리는 큰아빠가 살고 계시는 집에 들어가서 살게 되었다. 그곳에는 우리를 반기는 사람이 단 한 명도 없었다.

사촌 형은 나와 동생을 괴롭혔다. 나이 차이가 많지 않았지만, 덩치가 좋아서 우리가 어찌할 수 없었다. 사촌 형은 자신의 잘못을 나에게 덮어씌워서 큰엄마가 보시기에 나는 눈엣가시였다. 당시에 아빠도 곁에 안 계셔서, 우리

를 지켜 줄 사람은 없었다. 스스로를 보호하기 위해 상황
을 살피며 다른 사람의 눈치를 봐야 했다.

우리의 거처는 큰아빠 집 근처에 있는 할아버지의 빵
집 안으로 옮겨졌다. 그곳엔 1평 남짓 되는 단칸방이 있었
다. 다행히 할아버지께서 우리를 좋아해 주셨지만, 할아버
지와 우리 형제가 살기에는 협소한 공간이었다. 할아버지
께서는 빵을 조금만 만드셨는데, 그 빵은 무척 맛있어 보였
다. 하지만 먹고 싶다고 얘기할 수가 없었다. 먹으면 안 되
는 걸 먹고 싶어 했다가 할아버지마저 나를 싫어하시면 이
제 우리를 좋아해 줄 사람이 없다는 것을 알고 있었기 때문
이다.

하루는 아침에 일어났는데 할아버지가 안 계셔서 방
안에 있는 TV를 보며 기다리고 있었다. 하루 종일 한 끼도
먹지 못하고 오후 늦게까지 기다리고 있으니까 배가 너무
고팠다. 방 밖에 냉장고가 있었지만, 깜깜한 시멘트 바닥
위에 있어서 어린 내가 다가가기엔 두려웠다. 동생도 배가
고프다고 찡찡대기 시작했다. 나는 뭐든 좋으니 먹고 싶
었고, 더 이상 참을 수 없었다. 곧장 방에서 나와 작은 부엌
으로 향했고, 먹을 것이 있는지 뒤졌다. 사실 부엌이라 하

기엔 초라했고, 그냥 가게의 그릇과 수저를 모아 놓은 곳이었다. 한참 뒤적거리다 보니 천으로 무언가를 덮어 놓은 것이 보였다.

"찾았다!"

기뻐하며 동생에게 같이 먹자고 했고 우리는 정말 맛있게 싹싹 긁어 먹었다. 잠시 후 저녁이 다 되어서 할아버지께서 돌아오셨다. 우리에게 뭘 좀 먹었느냐고 물어보셨다. 나는 "잘 찾아서 밥그릇에 있던 걸 먹었어요!"라며 의기양양하게 얘기했다. 그러자 할아버지께서는 예상과 다르게 우리를 꾸짖으셨다.

"야, 이놈아! 버리려고 놔둔 음식물 쓰레기를 먹으면 어떡하냐."

내가 음식물 쓰레기를 먹었다는 사실이 충격이었다. 엄마가 보고 싶어졌다. 나는 그날 밤 할아버지께서 보시지 못하게 돌아눕고 눈물을 훔쳤다. 이날은 나에게 여전히 아픈 기억으로 남았다. 나는 왜 어리광을 부리지 못한 채 스스로를 달래야 했을까…?

슬퍼할
시간도 없었다

✳

나는 호기심이 많고, 배우는 걸 좋아하는 아이였다. 7살, 막 글을 배우기 시작한 아이가 그러하듯 거리를 걷거나 차를 타고 이동하면 건물에 붙은 간판을 뚫어지게 보며 글을 읽어 나갔다. 여느 아이처럼 부모님이 동화책을 읽어 주시거나, 재밌는 얘기를 들려주시거나 하는 사랑은 받지 못하며 자랐다. 그래도 간판 속 글을 읽으며 그 뜻을 배워 나가는 게 재밌었다.

한번은 어딘가 붙어 있던 구구단 벽지를 보고 할아버지께 구구단을 가르쳐 달라고 했다. 배움의 기쁨이 컸던지, 해맑은 미소를 띠며 계속 내 계산법이 맞는지 확인해 달라고 요청하곤 했다.

"칠 일은 칠, 칠 이는 십사."

그다음은 알지 못해서 손가락으로 더해 가며 외워 나갔다. 머리가 비상한 영재는 아니었지만, 배우기를 좋아하는 아이였다.

"할아버지, 칠 칠은 사십구 맞아요?"

할아버지와의 구구단 공부가 나에게 큰 기쁨이었다. 그러나 기쁨도 잠시, 나와 동생은 다시 한번 의지했던 곳을 떠나게 되었다.

할아버지는 이혼해서 혼자 살고 계셨다. 내가 초등학교 입학을 앞둔 어느 날 할머니께서 우리를 찾아오셨다. 우리를 어딘가로 데려가셨는데, 부산이었다. 대구가 뭔지, 부산이 뭔지 아무것도 모르는 우리를 데리고 할머니의 집으로 데려와 키우셨다. 우리는 다시금 군말 없이 새로운 환경에 적응해야 했다. 할머니의 집에는 다른 사람도 살고 있었다. 집 문을 열고 들어가니 있는 낯선 사람에게 할머니가 인사하셔서 우리도 따라 했다.

"안녕하세요!"

거실 안 계단을 이용해서 2층 다락방으로 올라갔다. 알고 보니 인사했던 낯선 사람은 집주인이고, 할머니께서 세 들어 살고 계셨다. 그 다락방은 방 하나가 전부여서 화장실이나 부엌이 있는 일반 집의 구조와는 거리가 멀었다. 화장실을 가려면 1층으로 내려가야 해서, 불편하고 무섭기도 했다. 여러 감정이 교차하며 하루하루 눈칫밥을 먹으며 자랐다.

8살, 초등학교에 입학할 나이가 되었다. 입학하기 바로 전날, 나는 어린이집에 들어가게 됐다. 이번에도 이유는 알 수 없었다. 언제나 그랬듯이 바뀐 환경에 적응해야 했다. 이곳의 친구들과 즐겁게 수업을 듣고 놀이방에서 놀았다. 시간이 가는 줄도 모르게 놀고 있으니, 친구들이 하나둘 부모님의 손을 잡고 집으로 돌아갔다. 옆에 있던 동생이 나에게 물었다.

"형, 우리도 나중에 할머니가 데리러 오셔?"

"그럼, 당연히 데리러 오시겠지. 신경 쓰지 마."

한 친구가 늦게까지 우리와 놀았는데, 시간이 흐르고 이 친구마저 부모님이 오셨다. 친구는 해맑게 인사하며 부모님의 손을 잡고 떠났다. 저녁 7시쯤 되었을까, 원장님이 우리를 따로 부르셨다.

"집으로 올라가자."

"할머니는요?"

"이제부터 우리 집에서 자면 돼. 어서 올라가자."

"네…."

더 이상 물을 수 없었다. 어른의 심기를 건드렸다가 자칫하면 잠잘 곳이 없어질 수 있었다. 그저 변하는 환경에 적응하며 살아가는 게 우리가 해야 할 일이었다. 원장님의 집에서 생활한 지 한 달쯤 되었을까. 할머니가 우리를 찾아오셨다.

"할머니!"

할머니가 너무 반가워서 달려가 안겼다. 눈치를 살피며 지내던 원장님의 집에서 드디어 해방이었다. 할머니는 원장님께 그동안 맡아 주셔서 감사하다는 말과 봉투를 건넸다. 그리고 우리를 데리고 분식집으로 가서 맛있는 돈가스를 사서 먹이셨다. 너무 행복해서 웃음이 끊이질 않았다. 우리가 배불리 먹자, 할머니께선 가야 할 곳이 있다고 하셨다. 새로운 어린이집이었다.

"우리 아이들 잘 좀 부탁하입시더."

그리곤 우리에게 말씀하셨다.

"거기는 같이 있는 친구들 없어서 힘들었제? 여기는 집에 안 가고 있는 친구가 많다. 친하게 지내고 있거라."

"네? 할머니랑 같이 있으면 안 돼요?"

"그래, 지금은 안 된다. 친구들이랑 있어레이."

"네…."

늘 그랬듯 행복은 찰나였다. 내 신경은 다시 곤두섰다. 익숙하지 않은 환경에서 동생을 지키고 나도 살아야 했다. 그나마 위안이 된 건, 이제는 어린이집에 밤늦게까지 나와 동생만 남는 일은 없었다. 같은 처지의 친구가 몇몇 있어서 함께 잠을 자고 등교하는 게 위로가 되었다. 슬픔은 익숙한 감정이 되었다.

미운 오리 새끼에서
백조로

✳

초등학교 2학년이 되었고, 곧 운동회가 열린다고 했다. 이 날은 모든 학생이 부모님과 즐겁게 놀 생각에 설렜다. 내 보호자는 할머니셨고, 운동회 일주일 전 할머니께 전화드 렸다.

"할머니 운동회 한대요. 부모님이랑 같이 오래요."

"할머니 바쁘다. 갈 테니까 일단 끊어라."

운동회 당일이 되었다. 게임이 하나둘 시작되니 친구 들의 부모님도 오시기 시작했다. 화목해 보이는 가정을 힐 끔힐끔 보면서 나도 할머니가 오시기를 기다렸다. 점심시 간이 되자 여기저기서 돗자리를 깔고 부모님이 싸 오신 맛있는 도시락을 함께 먹기 시작하는데, 나는 여전히 혼자 서성이며 할머니를 기다리고 있었다. 같은 반 친구의 부모님께서 나를 부르시며 "같이 먹자, 승현아. 이리 와~" 하며 반겼다. 친구도 밝게 웃으며 나에게 오라고 손짓했지만, 나는 "저도 할머니가 오기로 했어요. 괜찮아요"라며 거부했다.

당장 친구에게 뛰어가고 싶었지만, 할머니가 오실 거라며 참고 기다렸다. 점심시간은 끝나가고 다들 자리를 정리하며 집으로 발걸음을 돌렸다. 시간이 얼마나 더 지났을까, 어느덧 운동장에는 나 혼자 덩그러니 있었다. 그래도 할머니가 오실 거라고 믿었다. 나는 늦게까지 할머니를 기다리며 스탠드에 쪼그려 앉아 있었다. 날이 저물기 시작했고, 더는 기다릴 수 없어서 터벅터벅 어린이집으로 걸어갔다. 울지 않으려고 주먹을 꽉 쥔 채로 여전히 낯선 집으로 향했다.

초등학교 4학년 여름, 할머니가 오셔서 맛있는 돈가스를 사 줬다. 그리고 말하셨다. 이렇게 맛있는 음식도 계속 먹을 수 있고, 2층 침대가 있는 어린이집이 있는데 거기는 공짜로 다 할 수 있다고. 여기 어린이집은 매달 회비를 내는데 밥도 맛이 없고 자는 것도 힘들지 않냐고. 새로운 곳에 가면 친구도 많으니까 그 어린이집에 가서 지내길 권하셨다. 그때 나는 할머니가 어린이집 회비를 감당하기 어려워서 우리를 더 열악한 환경에 보내려고 하시는 것을 알고 있었다. 할머니께서 우선 구경해 보자고 하셔서 따라갔더니, 큰 건물이 있고 낯선 친구들이 많았다.

어림잡아도 30명 정도는 되어 보였다. 할머니께 여기는 몇 명이 있냐고 여쭤보니, 100명은 된다고 하셨다. 내색하지 않았지만, 정말 무서웠다. 또래뿐만 아니라 고등학생 형들까지 함께 생활하는 곳이어서 쉽게 적응하기 힘들 것 같았다. 이전 어린이집은 또래만 함께 생활해서 덩치가 큰 고등학생 형들은 처음 봤다. 그럼에도 우리는 할머니의 짐을 덜어 드리기 위해 씩씩한 척했다.

"매일 밥도 공짜로 먹을 수 있고, 2층 침대도 있으면 저는 여기 있을 수 있어요."

보육 시설이었다. 이제 우리를 받아 주는 곳이 없어서 여기까지 온 것이다. 늘 그렇듯 적응해야 했다. 우린 할 수 있다며 마음을 다잡았다. 어린이집에서 퇴소하고, 며칠 동안 할머니 집에서 지냈다. 어느 날 시설 선생님께서 승합차를 몰고 집 앞으로 찾아오셨다. 우리를 차에 태우고 보육 시설로 향하셨다. 시설에 도착하니, 사무실에서 사진을 찍고 방으로 안내해 주셨다. 그리고 선생님께서는 형들을 소개해 주고 나가셨는데, 선생님이 나가시면 안 됐다.

나와 동생은 형에게 둘러싸여 겁에 질린 채 벌벌 떨었다. 형들은 우리를 때리기 시작했다. 한 명씩 번갈아 가며 머리를 때리는데, 견딜 수 없는 공포가 몰려왔다. 언제나 빠르게 적응해 왔는데 감당할 수 없을 것 같았다.

"형아, 도저히 여기서 못 살겠어. 너무 무서워서 죽을 것 같아. 할머니한테 다시 가면 안 돼?"

동생이 눈물을 멈추지 못하고 공포에 질려 나를 설득하는데, 당장 도망가고 싶었다. 그러나 마음을 다잡고 동생을 달랬다. 우리가 할머니를 도와주려고 왔는데, 잘 있어야 하지 않겠냐며 조금만 견뎌 보자고 얘기했다. 식사 시간이 되어 엄숙한 분위기 속에 밥을 먹었고, 우리 형제는 밥을 먹는 게 느리다는 이유로 다시 맞았다. 그날, 마당으로 나와 동생의 손을 잡고 그대로 내달렸다. 이곳에 조금만 더 있다가는 죽을 수도 있겠다는 생각이 들었다. 살기 위해 발버둥 치며 할머니의 집으로 뛰어갔다.

나는 심각한 길치였다. 그런데 승합차를 타고 보육 시설에 들어가던 날, 창밖으로 본 길을 다 외웠다. 혹시나 무슨 일이 생기면 할머니께 달려가기 위해서. 저녁 늦게 할머니 집에 도착해서 초인종을 누르며 할머니를 불렀다. 할머니께선 놀라서 달려와 문을 열어 주셨다.

"지금 이 시간에 너희가 왜 왔노?"

우리는 울음을 참지 못하고 꺼이꺼이 울며 할머니께 말했다.

"큰형들이 때리고 괴롭혀서 못 있겠어요. 참고 있어 보려고 했는데 너무 무서워요. 할머니랑 같이 살면 안 돼요? 죄송해요."

우리는 할머니가 안아 주는 걸 상상했다. 당장 보육 시설에 가서 형들을 혼내 주는 상상을 했다. 그런데 할머니의 반응은 달랐다.

"무슨 소리 하노, 지금. 시설에 전화할 테니까 다시 올라가. 할머니는 같이 못 산다."

그렇게 아침에 우리를 데리러 왔던 선생님께서 다시 오셨다. 우리는 승합차에 타고 보육 시설로 갔다. 승합차 안에서 내 마음은 얼어붙었다. 공포 따위보다 배신감이 더 컸다. 물러날 곳이 없어지자, 방법은 체념뿐이었다. '나는 지옥에서 살 수밖에 없구나.'

보육 시설의 큰형들은 힘으로 자신을 과시했다. 우리는 그곳에서 살아남는 법을 배웠다. 눈치. 눈치 하나는 누구에게도 뒤지지 않았다. 방황의 연속이었다. 어떤 것도 내 마음을 채우지 못했다. 어린 시절의 내 모습은 미운 오리 새끼와 같았다. 어디서도 환영받지 못했던 검은색 오리. 나조차 나를 사랑하지 못했다. 모든 경험을 이 책에 쓸 순 없지만, 병들어 있던 나의 마음이 치유된 계기가 있었다.

깜깜한 어둠 속의 한 줄기 빛이 양분이 되어 서서히 내 삶을 밝혔다. 남들은 경험하지 못한 인생을 지나왔다. 소외된 오리가 백조가 되었듯, 특별한 경험이 나를 성장시켰다. 떠돌이 인생, 보육 시설의 아이. 이제는 이 키워드가 내 삶을 의미 있게 만든 원동력이 되었다. 내 어린 시절은 특별했다. 나의 잘못 또는 내 선택이 아니었기에 비난받을 건 없다. 이것이 내 자산이 될 수 있다.

시작점이 다르다는 걸 알게 된 지인 또는 새로 만난 사람들은 나의 긍정적이고 도전적인 성격을 보고, 내가 환경을 극복해서 대견하다고 말했다. 나의 좋은 모습을 조금만 보여 주어도 그 효과는 극대화됐다. 물론, 그렇다고 동정을 구걸하지 않는다. 마치 태어나자마자 백조가 될 걸 아는 것처럼. 누구보다 당당하게 하루하루를 헤쳐 나가고 있다. 이제 병들었던 마음이 치유된 몇 가지 경험을 짧게 소개해 보려 한다.

내가 결혼해도
이런 모습이려나?

✳

나는 보육 시설에서 퇴소한 후 자취를 시작했고, 2년 뒤 동생이 퇴소함과 동시에 같이 살게 되었다. 우리 형제는 같은 경험을 가지고 살았지만, 정반대의 성향을 보였다. 동생은 매우 자유로워서 20살이 된 후 혼자 여행을 다니기 시작했다. 러시아를 시작으로 히말라야를 등반하기도 하고, 인도, 몽골, 괌, 태국, 일본, 유럽 등 여러 나라를 여행하며 다양한 경험을 쌓았다. 참 멋있는 동생이다.

반면에 나는 여행하는 걸 두려워했다. 한 번도 해 보지 않았고, 말이 통하지 않으면 어떡하나 싶기도 했다. 지금 생각해 보면 어릴 적 낯선 환경에 적응하는 것이 힘들어서 다신 그런 상황을 만들고 싶지 않은 건지도 모르겠다. 동생은 다행히 어릴 적 기억이 없다. 방어 기제로 기억을 삭제해 버렸는지, 내가 또렷하게 기억하는 일을 동생은 모르는 순간이 많았다.

어릴 적부터 낯선 환경에 잘 적응하고 어울리는 동생이 밉기도 했다. 나는 친구에게 먼저 다가가지 못하고 친해지는 데도 오래 걸렸지만, 동생의 주변은 친구로 넘쳤다. 다른 친구들은 동생과 노는 걸 좋아했고 동생 친구들에게 나는 뒷전이었다.

나를 온전히 받아 주는 친구가 별로 없어서 속상해하고 있는데, 동생은 그런 나를 전혀 신경 쓰지 않았다. 동생의 행복한 모습을 보면 짜증도 났지만, 내가 형이니까 동생에게 신경을 쓰려고 노력했다. 그럼에도 동생에겐 내가 안중에도 없는 것 같아서 서운하기도 했다. 나는 동생을 통제하고 억압하려고 했다. 물론 티를 내지 않아서 속상하다는 것을 몰랐을 것이다. 지금 생각해 보면 그런 상황에서도 오히려 멋지게 잘 자란 동생이 기특하고 대견스럽다.

퇴소하고 같이 자취하면서 사이좋게 지낼 때도 많지만, 우리는 매일 조금씩 다퉜다. 주먹다짐하는 날도 있고, 늘 서로에게 날이 서 있었다. (물론 나의 잘못이 크다.) 동생을 가장 사랑하지만, 표현이 매우 서툴렀다.

동생도 나를 싫어했다. 다른 사람에게는 배려심이 넘치는 내가, 동생을 만나기만 하면 속이 한없이 좁아졌다. 매일 잔소리하고 내가 물건을 다른 곳에 놔두고는 안 보인다며 동생에게 탓을 돌렸다. 동생을 대하는 내 모습을 보면서 문득 이런 생각이 들었다. '헉! 만약 결혼해서도 내가 사랑하는 사람에게 이런 모습이면 어떡하지?'

아찔했다. 이런 모습인 나와는 아무도 함께하고 싶지 않을 게 뻔하다. 내가 가장 사랑하고, 가깝다고 생각하는 가족에게 함부로 대한다면 결혼해서도 이런 모습일 게 뻔했다. 그때부터 내 행동을 고치기 시작했다. 부드럽게 대하려고 노력했고, 답답하고 화가 나는 상황에서도 곧장 화내지 않고 멈춰서 생각해 보았다.

덕분에 다투는 횟수는 눈에 띄게 줄어들었다. 서로를 더 배려해 주게 되었고, 지혜롭게 대처할 힘이 조금씩 생겨났다. 이제는 내가 동생에게 잔소리를 듣는 입장이 되었다. 우리는 대체로 소중하고 가까운 사람에게 함부로 대하는 경우가 많다. 소중한 사람들을 소중하게 대할 수 있는 용기도 우리에겐 필요하다. 낯간지러운 사랑의 표현으로 서로를 아껴 주는 모습은 참으로 아름답다.

존재만으로
사랑받는 사람

✳

인간은 사회적 동물이다. 부모가 없으면 나는 세상에 존재할 수 없고, 사회가 없으면 지금의 문명을 누릴 수 없다. 누군가는 훌륭한 부모를 만나서 편안하게 살아가지만, 하루하루 먹을 음식이 없어서 죽어 가는 아이들이 있다. 불공평한 세상처럼 보인다. 나는 후자에 속한 인생을 어릴 적부터 살아왔다. 그런데 신기하게도 지금은 매우 행복한 인생을 살고 있다.

어떻게 이겨 낼 수 있었을까? 사랑이라곤 찾아볼 수 없는 삶을 살아왔던 나는, 사랑을 나누는 데 인색했다. 어머니와 떨어진 이후로 한 번도 누군가에게 안겨 본 기억이 없다. 지금은 많이 고쳤지만, 경상도에서 자라면서 표현도 매우 투박했다.

변화한 이유야 여러 가지가 있지만, 가장 큰 이유는 엄마의 사랑이다. 표현은 투박해도 항상 마음 한편에는 사랑받고 싶은 마음이 크게 자리 잡고 있었다. 그러나 나를 있는 그대로 받아 주고, 사랑해 주는 사람은 없었다.

'왜 나는 사랑받을 수 없지?', '왜 나를 사랑해 주는 사람은 없을까?' 늘 고민하며 남들과 비교하게 되었고, 삶에 회의를 느꼈다. 그러던 어느 날 목사님의 말씀을 듣던 중 내 마음을 울린 내용이 있었다.

사람은 누구나 존재 자체로 사랑받기에 마땅하며 그 사랑을 충분히 받았다는 것이다. 한 아이가 태어나기 위해서는 반드시 어머니가 열 달간 출산의 고통을 무릅쓰고 품는다. 그리고 몇 시간이 넘는 진통을 겪고 힘들게 아이를 출산한다. 아이가 태어나면 젖을 먹이고 기저귀를 갈아입히고 안아서 재우며 사랑으로 키운다. 본능적으로 엄마는 아이를 사랑하게 되어 있고, 아이는 엄마를 찾는다. 갓난아이는 누군가의 도움이 없이 성장할 수 없는 존재이다.

나도 분명 그런 시절이 있었다. 누군가의 손길 없이 먹지 못할 때, 배변 활동을 하지 못할 때, 잠을 자지 못할 때.

모든 순간 사랑의 손길 아래에 있었다. 나는 그 사랑을 먹고 자랐다. 내가 잊고 있었을 뿐이고, 다른 친구들과 비교하며 나를 낮추기에 급급했다.

보통 자식을 향한 부모의 사랑은 당연하며, 부모라면 무조건적이어야 한다고 얘기한다. 그런데 부모의 사랑이 당연하다면 보육 시설은 없어져야 마땅하다. 버려지는 아이들이 없어야 하고, 모든 아이는 사랑이 충만한 상태여야 한다. 자식을 향한 부모의 사랑도 선택적이라고 볼 수 있다. 하지만 그럼에도 감사할 것은 지금 성장해 가는 모든 아이는 꼭 부모가 아니더라도, 누군가의 사랑을 통해 자랐고, 자라 가고 있다. 친척, 양부모님, 조부모님, 보육 시설의 선생님 등 아이들을 사랑하고, 책임진다.

이전까지는 사랑을 받는 게 굉장히 어색했지만, 지금은 누군가의 호의와 사랑의 표현이 나에게 올 때면 감사히 받을 줄 아는 사람이 되었다. 그리고 받은 사랑을 나눌 수 있게 되었다. 사랑은 받을 줄 알아야 줄 수 있다. 우린 모두 존재 자체로 누군가의 사랑을 먹고 자라 왔다. 그러니 사랑의 기쁨을 온전히 누리며 살아가는 사랑의 사회가 되었으면 한다. 이 글을 읽고 있는 당신도 존재만으로 누군가의 사랑을 받는 사람이다.

비교는 과거의 자신과 하는 것

대한민국은 명실공히 OECD 회원국 중 자살률 1위를 차지하고 있다. 어느 이유든 행복하지 않은 사람의 비율이 높은 건 틀림 없다. 미디어에 잠식되어 눈을 떼지 못하는 유아들, 줄어든 출산율로 과잉보호를 받으며 부모의 경제력으로 계급을 나누는 아동들, 도파민에 절여져 있는 청년들, 늘어나는 가계 부채로 허덕이는 장년들, 노후 준비가 되지 않은 채로 홀로 근근이 삶을 영위하는 노인들. 뉴스에서 보도하는 대한민국은 행복이라곤 찾아볼 수 없는 나라처럼 보인다.

주변을 돌아보면 직장을 구하지 못하고, 컴퓨터 세상 속에서만 갇혀 사는 친구가 많다. 그도 그럴 것이, SNS로 인한 상향 평준화된 기준으로 너도나도 공기업 또는 대기업에 취직하지 못하면 은연중에 패배자로 낙인찍히는 현실이다.

동기 부여 강연을 보면 모두가 이구동성으로 하는 말이 있는데, "현재 자신의 사회적 지위와 연봉은 주변 사람들의 평균이다"라는 내용이다. 이 말을 들은 청년들은 당장 주변을 돌아본다. 자신보다 못한 친구들이 있다는 생각이 들면, 굳이 내색은 하지 않지만 조금씩 멀리하게 되며 좀 더 높은 급의 지인을 사귀기 위해 노력한다.

나 또한 그랬다. 내가 가진 것 없는 사람이었기에, 조금 더 가진 사람, 인기가 많은 친구를 사귀기 위해 노력했다. 돈을 많이 벌고 싶어서 돈을 많이 벌 수 있는 집단에 들어가기 위해 애쓰기도 했다. 나의 처지를 타인을 통해 개선하고 싶었다. 나도 가진 게 없지만, 나보다 조금이라도 못하다고 느껴지는 사람이 있으면 외면하고 가까이 가지 않았다.

지금은 그런 생각이 잘못되었다는 걸 알고 있다. 사회의 잣대로 타인을 판단하지 않으려고 노력하니, 사람마다 가진 장점이 보였다. 행복의 수량은 돈이나 지위만으로 결정되는 게 아니다. 나는 여러 성향의 사람과 서로의 삶을 도우며 살고 싶다. 굳이 급을 나누며 살아갈 필요가 없다. 나도 그리 좋은 사람은 아니기에 내가 누군가를 판단할 이유는 더더욱 없다.

한 가지 깨달은 사실이 있다. 좋은 사람, 결이 맞는 사람과 함께하기 위해서는 나부터 좋은 사람이 되어야 했다. 내가 좋아하는 분야에서 꾸준히 노력하고 발전해 나가면 나와 함께해 주는 사람은 자연스레 늘고, 동시에 물질적인 보상도 따라온다. 이것이 보편타당한 세상의 원리라고 생각한다. 나를 먼저 돌아보는 게 습관이 되면 세상을 탓하지 않게 된다. 일이 잘 풀린다면 함께 시간을 써 준 여러 사람 덕분이고, 일이 잘 풀리지 않는다면 내 탓이다. 잘된 것에 감사하고, 잘되지 않은 것의 해결점을 찾는다.

누구도 나를 대신해서 살아 주지 않는다. 누구나 한 번 허락된 인생이고, 같은 속도로 시간이 흐른다. 지금껏 세상이 불공평하다고 생각해 왔다면, 공평하게 주어진 것을 찾아보자. 그렇게 내게 주어진 일에 집중하고 차근차근 단계를 밟아 올라가면, 과거의 어려움은 디딤돌이 되어 나는 더 높은 곳에 있을 거라고 확신한다.

아버지,
용서할게요

✴

어릴 적 우리 가족은 아버지의 외도로 모두 흩어졌다. 어릴 때는 아버지의 잘못이라는 것을 모르고 살았다. 커 가면서 이러한 사정을 알게 되었다. 다 커서 들었기에, 미운 감정도 들지 않았다. 참 신기하다. 미워야 하는데, 밉지 않았다. 오히려 다행이라고 생각했다. 왜냐하면 아버지는 늘 술을 드셨고, 다혈질이어서 함께 생활하는 걸 상상하기 어려웠다.

아버지와 같은 공간에서 같은 시간을 보냈다면, 나와 동생이 이렇게 올바른 생각을 가지고 자랄 수 없었을 것이다. 집 안은 술과 담배로 가득하고 폭력이 난무했을 것이다. 떨어져 있어야 그립고, 오랜만에 함께해야만 애정을 유지할 수 있다. 우리 가족이 돈독할 수 있는 것은 떨어져 지낸 시간 덕분이라서 오히려 감사했다.

21살 건설 현장에서 일하시는 아버지를 따라 1년간 타지 생활을 했었다. 지금은 술을 먹지 않지만, 당시는 나도 일과를 끝내고 저녁 시간에 아버지와 함께 술을 마셨는데, 붙어 있을수록 나에게 마음에 안 드는 부분이 있으셨는지 아버지의 언행이 거칠어졌다. 아버지와 나 사이에 긴장감이 고조되는 사건이 몇 번 있었다.

사실 별일 아닌데, 아버지는 자신의 뜻대로 되지 않으면 고집을 부리며 화를 내곤 하셨다. 같이 일하는 삼촌들과 저녁 식사를 하며 반주하던 중 뜻대로 되지 않는 게 있었는지 나를 따로 불러내서 주먹으로 얼굴을 때리셨다. 나는 화가 많이 났지만 참았다. 아버지와 똑같아지기 싫었다.

이후에 또다시 아버지가 나를 폭행하는 사건이 있었다. 그때는 나도 술을 많이 먹은 참이라 도저히 참을 수 없었다. 밖으로 나와서 아버지와 길가에서 싸웠다. 삼촌들은 산책하시다가 우리를 발견하곤 말렸다.

가족을 괴롭히던 폭력적인 성향을 아직도 고치지 못

하고 계셔서, 더욱 화가 났다. 엄마가 불쌍했다. 이런 아버지를 만나 고생하셨겠다는 생각에…. 마음을 추스르기 어려워서 그날 이후로 일을 그만뒀다. 한 달여의 시간이 지났을까 아버지를 다시 만났고, 아버지는 나에게 진심 어린 사과를 하셨다.

맨정신에는 용기가 없는지 술의 힘을 빌리셨다. 그럼에도 나는 그 사과를 받아들였다. 아버지가 자신의 자존심을 꺾기 위해서 얼마나 노력했는지 알 것만 같았다. 그 마음은 진심이었다. 내가 알아주지 않으면 누가 알아주랴.

아버지는 할아버지와 할머니의 이야기도 해 주셨다. 할아버지의 폭력성 때문에 할머니는 참지 못하고 아버지가 고등학생일 때 이혼하셨다. 돌이켜 보면 자신도 부모의 사랑을 받지 못한 것이 상처가 되었던 것 같다고 말하셨다. 아버지가 안쓰러웠다. 그렇다고 내게 준 아픔이 정당화되는 것은 아니지만, 한 인간으로서 안타까운 마음이 들었다.

아버지는 점점 나이 드시고 이제 나와 동생도 각자의 삶을 꾸리느라 함께할 수 없기에, 내 머릿속에 아버지의 쓸쓸한 노후가 그려졌다. '그래. 가족이 가족을 사랑하지 않으면, 어딜 가서 이 사람이 온전한 사랑을 누릴 수 있겠어' 하고 생각했다. 아버지는 나와 동생에게 미안해하고 계셨다. 내가 이 마음을 받아 주지 않으면 아버지의 남은 인생이 고독해질 건 분명했다. 나에게 과거는 지나가고 앞으로의 시간만 남았다. 그 시간을 어떻게 보낼지는 온전히 내 선택에 달렸다. 나는 아버지를 용서하고, 사랑하기로 했다.

나는 지금 결혼 준비를 하고 있다. 이 책이 나올 때쯤 신혼을 즐길 시점이다. 우리 아버지는 며느리를 친 딸로 생각하며 좋아하고 아껴 주신다. 하고 싶다는 것은 다 해 주고 싶다고 말하신다. 실제 이 말을 지키기 위해 열심히 일하고 새로 꾸려질 아들의 가정에 살림을 보태 주고 계신다. 나는 초등학생 때부터 다시 엄마와도 연락이 닿아 지금까지 서로 애틋한 마음을 가지고 부모와 자식의 관계를 이어 나가고 있다.

나는 행복한 사람이다.

힘들고
어렵지만
재밌는 모험

부당한 것에 절대 굴복하지 않으며, 누군가 시비를 걸어도 피하지 않고 싸우려 들었다. 매를 버는 아이였다. 그렇게 겁이 없는 청소년 시기를 보내며 어른이 되어 갔다. 그러던 내게 죽음이 두려운 순간이 찾아왔다. 바로 지킬 것이 생긴 것이다. 내가 엄마가 되다니… 이럴 수가!

집이 망하면서
바라던 일이 일어났다

✳

"싫어요, 나는 아빠랑 계속 같이 살 거예요."

기억 속에 '엄마'라는 존재는 없었다. 분명 존재하고,
엄마라는 이름을 불러 보았겠지만, 적어도 내 기억에는 없
다. 초등학교 저학년 때 일이다. 아빠가 나를 고아원에 보
낸다고 하셨다. 나는 울면서 싫다고 했디. 지우개로 지워
버린 듯 엄마에 대한 것은 아무것도 남아 있지 않은데, 아
빠마저 없어진다는 생각에 슬펐다. 게다가 고아원이라는
곳은 두렵게 느껴졌다. 동생과 나는 울며불며 가지 않겠다
고 떼를 썼고, 고아원에 보낸다는 것은 취소되었다. 그렇게
쭉 아빠와 함께 살았다. 중학교 3학년까지.

초등학생 때의 나는 이사하는 것이 소원이었다. 다른 친구들은 다 이사를 하는데, 나는 태어나서 한 번도 이사한 적이 없어서 이사하자고 조르기도 했다. 아빠는 우리 집이기 때문에 이사할 수가 없다고 말하셨다. 어릴 땐 그게 무슨 뜻인지 몰랐다.

우리는 3층으로 구성된 다세대 주택의 맨 꼭대기 층에 살았다. 1층과 2층은 두 집으로 나뉘어 있었지만, 꼭대기의 우리 집은 하나로 되어 있어 넓은 집이었다. 거실과 부엌이 분리되어 있었고, 옥상으로 올라가는 내부 계단 옆 작은 방을 포함하면 4개의 방이 있었다. 돗자리를 펴고 고기를 구워 먹을 수 있는 마당도 있었고, 나의 기억으론 큰 집이었다. 경제 개념이 없던 어린 시절엔 우리 집이 잘사는지 가난한지 몰랐다. 늘 용돈이 있고, 먹고 싶은 것도 언제나 먹을 수 있었다.

아빠는 일하시는 날보다 술을 마시거나 낚시하러 가는 날이 많았다. 내가 학교에 입학하고 나서는 아침에 깨워 주는 사람이 없어서 늘 지각했고, 선생님께 크게 혼났다. 그다음 날도 깨워 주는 사람이 없어서 지각했다. 어느 순간부터는 스스로 일어나기 시작했고, 그제야 더는 혼나지 않았다.

학교를 마치고 오면 집에는 아무도 없었고, TV 옆엔 돈이 놓여 있었다. 밥을 사 먹으라고 아빠가 놔두신 돈이었다. 지겨웠다. 짜장면도, 돈가스도, 피자도 너무 자주 먹어서 먹고 싶지 않았다. 아빠와 할머니가 존재했지만, 돌봄에 있어서는 늘 부재였다. 항상 술을 드시고 늦게 들어왔고, 눈을 뜨고 일어나면 집에는 알코올 냄새만 가득했다. 눈을 뜨고 잠자리에 드는 순간까지 나와 동생 둘만 있는 날이 많았다.

할머니는 건물주셨고, 자식들은 그 재산을 공동명의로 해서 각자 사업을 하셨다. 모든 것은 한순간에 무너졌다. 어느 날부터 어른들이 집에 오시면 큰소리가 오갔고, 자주 만나던 사촌들은 이사해서 볼 수 없게 됐다. 우리 집이 가난하다고 느끼는 순간이 찾아왔다. 용돈을 받지 못해 분식집 앞에서 먹고 싶은 걸 사 먹을 수 없었다. 어린 마음에 나중에 커서 어른이 되면 분식집을 차려야겠다고 생각했다.

하루는 아빠가 슈퍼에 가서 초를 사 오라고 하셨다. 초를 켜서 화장실에 가고 저녁을 먹을 때도 초를 켰다. 전기가 끊긴 것이다. 좋은 점은 일찍 잘 수 있었고, 아빠가 술을 드시지 않았다는 것이다. 이런 일상은 하루 이틀이 아니었다. 얼마큼의 시간을 그렇게 지냈는지 잘 기억나지 않지만, 슈퍼에서 초를 한 통 사 오면 6개의 크고 굵은 초가 들어 있었다. 그걸 여러 번 샀던 기억이 있다. 더운 여름에 냉장고에서 꺼낸 시원한 물도 마실 수 없어서 차가운 수돗물로 수건을 적셔서 더위를 물리쳤다.

익숙해질 무렵 물마저 나오지 않았다. 변기 물이 내려가지 않아서 괴로웠고 화장실에 가는 것이 싫었다. 씻지 못해서 머리가 너무 간지러웠고, 참을 수 없을 때쯤 다행히 물이 나왔다. 그 후 얼마 되지 않아 이사한다고 했다.

드디어 나의 소원이 이루어진 것이다. 이사할 집을 구경하러 갔는데 너무 신기했다. 골목골목을 한참 들어가서 오르막에 있는 1층이었다. 거실인지 부엌인지 모를 공간과 방 2개가 한눈에 다 들어왔다.

집 전체가 원래 살던 집의 거실 크기였다. 화장실에는 욕조와 세면대가 없었다. 내가 했던 첫 말이 "집이 참 아담하네요"였다. 나쁜 뜻은 아니었다. 작고 귀여운 집에 살게 될 생각에 설레고 기쁜 마음으로 가득했다. 다만, 내 방은 없었다. 할머니 방, 아빠 방 2개뿐이었다. 우리는 할머니 방에서 같이 자야 했다. 그래도 좋았다. 그토록 바라던 이사를 처음으로 한 날이니까.

우리를 보호해 주는
어른이 있다

✳

중학생이 되었을 땐 아빠가 항상 집에 계셨다. 나는 아빠와 집에 있는 것이 싫어서 가출하기 시작했다. '아동 학대'라는 단어조차 몰랐을 시절, 나는 늘 여기저기 멍이 생기고 사라지기를 반복했다. 맞은 이유는 잘 모르겠다.

기억나는 몇 가지 이유를 이야기해 보자면, 당시 내가 장녀라서 아빠가 드실 밥을 차렸다. 초등학교 고학년 때부터 밥을 차렸던 것 같다. 반찬을 꺼내고 국과 찌개를 데우고, 밥솥에 있는 밥을 밥그릇에 퍼서 드리면 됐다. 한번은 밥그릇에 밥을 적게 퍼서 맞아야 했다.

아빠는 술에 취하면 나와 동생을 앞에 앉혀 놓고 이런

저런 이야기를 하셨다. 무슨 이야기인지 기억도 나지 않지만, 늘 비슷한 이야기였다. 밤이 지나고 새벽이 되어도 이야기는 끝이 없었다. 무한 반복이었다.

하루는 학교에서 수련회에 다녀와 피곤한 날이었는데, 그날도 알코올 냄새가 가득하고 담배 연기가 자욱한 방에서 아빠의 말씀을 듣다가 졸음이 쏟아졌다. 그렇게 꾸벅꾸벅 졸았는데, 갑자기 주먹이 머리를 강타했다.

그렇게 중학교 시절 내내 아동 학대 속에서 살았다. 그게 잘못된 것인지 몰랐다. 학교에서 잘못하면 선생님께 사랑의 매를 맞듯이, 다들 그렇게 맞고 사는 줄 알았다. 그냥 내가 유독 잘못해서 많이 맞는다고 생각했다.

어느 날, 상담 선생님께서 나를 부르셨다. 나는 가출해도 학교는 꼬박꼬박 나갔는데, 동생은 가출하면 학교에 가지 않아서 선생님께서 무슨 일이 있냐고 물어보신 것이다.

'바보, 가출한 것을 안 들키려면 학교를 나와야지!'

동생이 바보처럼 느껴졌다. 거짓말은 못 하는 성격이라서 사실대로 이야기했다. 그러자 여러 선생님의 상담을 거치게 되었다. 결국, 아동 센터로 연계되었다. 나는 '가출한 것이 이렇게 큰일일까?' 하며 걱정했다. 그런데 선생님께서는 나를 혼내지 않으셨고, 우리 편이 되어 주셨다. 처음이었다. 늘 내가 잘못한 줄 알았는데, 아니라고 이야기해 주셨다. 우리를 보호해 주는 어른이 있었다. 선생님께서 나와 동생에게 물어보셨다.

"아빠를 집에서 내보낼 수도 있고, 아니면 너희가 보육 시설로 가는 방법이 있어. 어떤 방법이 좋겠니?"

답은 명확했다.

"저희가 집을 나갈게요!"

나의 두 번째 이사는 16살, 보육 시설로 들어가는 것이었다. 그때의 나는 보육 시설이 내가 싫다고 했던 '고아원'인 줄 몰랐다. 시설에 들어가고 나서야 '아, 여기였구나' 하고 깨달았다. 학교 선생님의 도움으로 집에서 나와 가게된 보육 시설은 마을버스를 타고 올라가야 하는 오르막에 있었다. 나는 그간 도시 한복판에 살아서 시끄러운 곳에서 조금 벗어나 있는 그곳이 참 마음에 들었다.

아빠와 할머니랑 살던 작은 집에서 벗어나서 아주 넓은 정원이 있고, 운동장도 있으며, 놀이터도 있는 큰 집으로 이사하게 된 것이다. 주변에 나무도 많고 무엇보다 공기가 쾌적했다. 지금도 가면 맡을 수 있는 특유의 공기는 마음을 편안하게 했다.

봄이 되면 예쁜 벚꽃을 피우는 벚나무가 꽃잎을 보육 시설 가득히 휘날렸다. 여름이 되면 시끄러운 매미 소리를 들으며 나무 아래 그늘진 벤치에 앉아서 쉬곤 했다. 도시의 열기에서 벗어나 에어컨이 없어도 시원하게 지낼 수 있었다. 단점은 산모기와 친구처럼 지내야 하는 것과 비가 오는 장마철이 되면 지렁이들이 길에 가득한 것이었다.

온갖 자연 생물을 만난다는 건 싫었지만, 지금 생각해 보면 그만큼 아이들이 지내기 좋은 환경을 가지고 있는 곳이었다. 가을에는 자연의 아름다움이 선명해졌고, 추운 겨울이 되면 모든 것이 눈으로 새하얗게 물들었다. 눈이 쌓이면 마을버스가 다니지 않아서 꽤 고생했지만, 친구들과 눈싸움하는 등 재밌는 추억이 가득했다.

유치원생부터 고등학생까지 한 공간에 지내다 보니 다사다난한 일상의 반복이었다. 집안일은 조금씩 분담하여 각자 맡은 역할을 해냈다. 복도, 거실, 계단, 화장실 등 영역별로 돌아가면서 청소했다.

식사는 시설 선생님께서 모두 챙겨 주셨다. 부족함이 없었지만, 간식은 늘 부족했다. 간식으로 후원이 들어오는 것은 유통기한 임박분 혹은 기한이 지난 것이었다. 아이들은 그마저 귀했기에 간식이 들어오는 날을 좋아했다. 또

힘들고 어렵지만 재밌는 모험

83

한, 식사 시간이 정해져 있어서 그 시간에 오지 않으면 밥을 먹지 못하는 경우가 있었다. 그럴 땐 혼자 라면을 먹거나 시설에 사는 친구들과 운동장에서 치킨을 시켜 먹었다. 재밌는 추억이 많았다.

나는 뒤늦게 시설에 간 터라 나를 괴롭히는 사람은 없었다. 나보다 나이가 많은 언니나 오빠가 있었지만, 모두 다정하게 대해 주었다. 시설 선생님들은 좋은 분이셨다. 아이들이 싫어하는 선생님도 계셨지만, 그 선생님들도 나에겐 잘해 준 기억이 많다. 혼날 때도 있었지만, 그만한 이유가 있었다.

무엇보다, 아빠처럼 때리지도 않았다. 잠을 잔다고 맞을 일이 없었고, 밥 때문에 맞을 일도 없었다. 내 옷이 찢어지는 일도, 물건이 부서지는 일도 없었다. 아빠는 항상 화가 나면 내가 가장 아끼는 것부터 부쉈다. 내가 좋아하는 것부터 부숴야 고분고분해져서 그러신 것 같다. 난 아무것도 좋아할 수가 없었다. 가장 소중하면 먼저 망가진다는 것을 배웠다. 나는 시설에 들어와서야 무언가를 마음껏 좋아할 수 있었다.

떠돌이의
여정

✳

나에게 시설은 좋은 곳이었다. 아침에 눈을 뜨면 밥을 차려 주고, 학교에 다녀와도 항상 누군가가 반겨 주고, 안락한 침대에서 잠을 잘 수 있고, 나의 소중한 물건이 온전하게 있었다. 심심할 틈 없이 친구들과 놀 수 있었고, 아프면 선생님께서 돌봐 주셨다. 보육 시설에서 지내면서 깨달았다. 어릴 때 울면서 안 간다고 한 곳이 이렇게 좋은 곳이었다니!

"아, 이런 줄 알았으면 그때 빨리 올걸!"

짧으면 짧고 길다면 긴 3년의 세월을 보육 시설에서 보냈다. 이곳을 떠나야 하는 날이 다가오고 있었다. 그런데 갈 곳이 없었다. 고등학교 졸업을 몇 개월 앞두고 시설에서 나왔다. 가출이라는 표현이 더 알맞을지도 모르겠다. 지켜야 할 소중한 것이 생겨서 도중에 나올 수밖에 없었다. 갈 곳이 없어서 다시 아빠의 집으로 들어갔다.

아빠는 여전히 술을 드셨다. 알코올 중독을 치료해 준다는 병원에도 입원하셨지만, 소용없었다. 아빠에 대한 희망은 언제나 절망으로 바뀌었다. 하루, 길면 일주일, 더 길면 한 달, 병원에 입원하시는 동안 낯선 환경 탓에 일시적으로 술을 중단해야 했지만, 스스로 드시지 않는 것은 불가능했다. 그렇게 아빠는 계속 술을 드셨고, 다시 폭력과 폭언이 시작되었다.

지긋지긋했다. 나는 살고자 또다시 집을 나왔다. 원가정 복귀는 꿈 같은 이야기다. 좋아질 것이라는 희망을 품고 기대하다가 결국에는 낙심하고 포기하게 된다. 행복한 가정은 존재하지 않았다. 적어도 나에겐 그랬다. 다정한 엄마와 아빠는 동화 속 왕자님과 공주님처럼 현실에서는 볼 수 없었다. 희망과 절망을 반복하던 아이는 결국 아무것도 꿈꾸지 않고, 아무것도 기대하지 않으며 아무것도 바라지 않게 된다.

살고자 집을 나왔지만, 갈 곳이 없어서 같은 시설에서 지내다가 먼저 퇴소한 언니에게 연락했다. 언니는 다른 지역에서 직장을 다니며 혼자 살고 있었다. 나를 흔쾌히 받아 주었고, 언니 집에 얹혀살게 되었다. 열심히 사는 언니를 보니 부러웠다. 그러나 형편이 넉넉하진 못했다. 시설에서 살 때는 다양한 국과 반찬을 날마다 먹을 수 있었는데, 시설을 나오니 밥과 계란, 김 등이 먹을 수 있는 것의 전부였다. 가끔 햄을 구워 먹으면 좋은 날이었다.

언니는 퇴소하고 혼자 생활하느라 힘들었을 텐데 나를 먹여 주고 재워 줬다. 언니 덕에 조금은 수월하게 보낼 수 있었다. 참 고마웠다. 아직도 연락하면서 지내지만, 그때의 은혜는 너무 커서 갚지 못한 빚처럼 마음 한편에 여전히 남아 있다.

그렇게 알뜰살뜰 100만 원이라는 돈을 모아서 내가 살 원룸을 알아보기 시작했다. 당시 나에겐 큰돈이었지만, 자립하기엔 덧없이 적은 돈이었다. 여러 부동산을 통해 집을 알아보았다. 부동산 중개사에게 100만 원은 적은 돈이라서 중요하지 않았는지, 집을 구해 주는 곳이 잘 없었다.

인터넷 검색을 통해 알게 된 네이버의 부동산 직거래 카페에 가입하여 매물을 살펴보기도 하고, 길을 걸을 때 이

전엔 눈에 들어오지 않던 전봇대에 붙은 임대 종이를 자세히 살펴보기도 했다. 평소엔 전혀 알지 못했던 임대 매물이 잔뜩 붙은 게시판이 길에 존재한다는 것을 알 수 있었다.

그러다 겨우겨우 보증금 100만 원에 월세도 적은 집을 찾게 되었다. 언덕 중턱 작은 빌라 주차장 안에 있는 원룸이었다. 주차장 안에 집으로 들어가는 문이 있었고, 햇빛은 전혀 들어오지 않았다. 창문을 열면 보이는 것은 주차된 차였고 매캐한 공기가 들어왔지만, 내부는 깔끔했고 필요한 가구들이 있었다. 이곳이 내가 보증금을 마련해서 살게 된 첫 집이었다. 이사한 날 밤, 불을 끄니 불청객이 찾아왔다.

"타닥타닥 타닥타닥."

알 수 없는 소리에 잠에서 깨서 불을 켰더니 말로만 듣던 꼽등이들이 뛰어다니고 있었다. 매일 밤이 되면, 꼽등이와 바퀴벌레가 나왔고 습하고 어두운 집은 이들이 살기에 최적의 공간이었다. 빨래하고 널면 빨래 건조대가 있던 벽면엔 금방 곰팡이가 피었다. 그렇다고 바깥에 빨래를 널자니 주차장 공간뿐이었다. 지금처럼 건조기나 빨래할 공간이 있으면 좋겠지만, 당시엔 그런 게 없었다.

세상에서 가장 무서운 게 벌레였기에, 더는 견딜 수 없어 500만 원이라는 돈으로 다시 집을 구하기 시작했다. 보증금 100만 원이 아닌 500만 원이니까 더 좋은 집을 구할 수 있을 거라고 생각했다. 그러나 여전히 집을 구하기엔 매우 적은 돈이었다.

산꼭대기에 따닥따닥 붙어 있는 주택가의 이층집을 찾아냈다. 가구는 아무것도 없고 집은 오래되어 낡았지만, 방은 2개나 있었다. 꼽등이 녀석도 존재하지 않았다. 창문을 열면 바람과 햇빛이 잘 들어오는 집이었다. 500만 원으로는 햇빛을 볼 수 있었다.

그곳이 내가 어른이 되어 두 번째로 살게 된 집이었다. 처음으로 전기·도시가스 등 공과금을 내 명의로 바꿔야 한다는 것을 알았다. 어려웠다. 물어볼 어른이 없었기에, 필요한 정보는 인터넷 검색을 통해서만 알 수 있었다. 아무리 검색해도 나오지 않는 정보는 기본 상식이었다.

지금은 다양한 매체를 통해 많은 정보를 알 수 있고, 정부 혜택이나 자립 지원에 관한 것부터 부동산 매물, 일상생활 조언까지 스마트폰만 있으면 찾을 수 있다. 웹 사이트 외에 애플리케이션, SNS 등 다양한 매체를 통해 편하게 훌륭한 정보를 얻을 수 있다.

고지서라는 것을 받아서 매번 꼬박꼬박 내야 한다는

것, 보일러를 조절하는 방법, 집 안의 소모품들도 교체해야 한다는 것을 차근차근 경험을 통해 알았다. 전구를 갈고, 변기 안의 부품을 교체하고, 가스레인지에 건전지가 들어간다는 사실까지 모르는 것투성이였지만 하나하나 알게 되었다.

방 2개 중 하나는 아이 놀이방으로 꾸며 주었다. 처음으로 소중한 것을 끝까지 지켜 냈다. 걸음마를 막 뗀 아이는 그 놀이방에서 매일 신나게 놀았다. 그 미소가 사랑스러워서 한참을 바라봤다. 내 나이 21살이었다.

내가 살아야 할
이유

✳

어릴 적부터 어딘가 고장 난 듯한 느낌을 받았다. 어디가 고장이 났는지 무엇이 잘못되었는지 모르겠다. 그냥 살고 싶지 않았다. 사는 것보다 죽음을 원했던 나는 죽음이 두렵지 않았다. 죽음이 두렵지 않으니 세상에 무서운 것은 없는 이상한 아이로 자라고 있었다.

부당한 것에 절대 굴복하지 않으며, 누군가 시비를 걸어도 피하지 않고 싸우려 들었다. 매를 버는 아이였다. 그렇게 겁이 없는 청소년 시기를 보내며 어른이 되어 갔다. 그러던 내게 죽음이 두려운 순간이 찾아왔다. 바로 지킬 것이 생긴 것이다. 내가 엄마가 되다니… 이럴 수가!

"엄마가 뭐 하는 사람이지?"

이른 임신으로 생긴 나의 소중한 아이는 나를 변화시켰다. 처음으로 세상에서 가장 소중한 것이 생겼다. 끝까지 지켜 내야만 했다. 문득 '이 아이를 두고 내가 죽으면 어떡하지?'라는 생각에 죽는 것이 싫어졌다.

처음이었다. 죽음은 두렵고 무서운 일이라는 것을 알게 되었다. 살아갈 이유를 찾지 못해서 죽음을 원하던 나에게 아이는 살아갈 이유가 되어 주었다. 조금씩 삶에 대한 생각이 바뀌었다. 잘 살고 싶어졌다. 그러나 엄마가 무엇인지 몰랐다. 엄마에 대한 기억이 없는 나에게 엄마가 된다는 것은 매우 어려운 일이었다. 엄마가 무엇을 하는 사람이지? 흔하지만, 나에겐 생소한 단어였다. 제대로 불러 보지도, 들어 보지도, 경험해 보지도 못했던 단어인 '엄마'.

어릴 때 수련회에 가서 전등을 끄고 촛불을 켠 뒤, 엄마를 생각하라고 하면 하나둘 친구들이 울기 시작했다. 친구들이 왜 우는지 이해할 수 없었다. 엄마라는 존재에 대해 어떤 마음인지 상상해 봤지만, 전혀 알 수 없었다. 그때부터 내가 어딘가 고장 난 것 같다는 느낌을 받았다. 다른 아이들이 느끼는 마음을 나는 느낄 수 없었다. 그저 친구들이 왜 우는지 궁금했을 뿐이다.

그런 내가 엄마가 돼야 했기에 육아 서적을 읽어 보았다. 태교도 해야 하고, 영양제도 챙겨 먹어야 하고, 출산 준비물도 사야 하고, 할 일이 많았다. 배가 점점 불러 오며 태동을 느꼈다. 병원 검진을 통해서 뱃속의 아이가 자라는 것을 확인할 수 있었다. 신기했다. 그렇게 아이가 태어났다. 처음 품에 안아 본 아이는 작고 소중했다. 뱃속에 있던 아이가 너였구나, 실제로 보니 너무 귀여웠다.

'존재만으로도 사랑스럽다'라는 말이 어떤 뜻인지 알 수 있었다. 태어난 아이를 잘 키워야겠다는 생각에 유아 교육 공부도 시작했다. 경험치가 없으니 이론이라도 알아야만 했다. 이론과 실제가 다르다는 것은 철저한 경험을 통해 깨달았다.

우리 아이는 책에 있는 아이와 달랐다. 예민해서 잠시도 품에서 놓을 수 없었고, 모유 수유가 어렵다는 것은 아무도 알려 주지 않았다. 책에서 배울 수 없는 것은 경험을 통해서만 알 수 있었다. 그렇게 엄마가 되어 갔다. 엄마가 되어 보니 자녀가 얼마나 귀한지, 생명의 보배로움에 대해 배울 수 있었다. 1살, 2살 내 아이가 커 갈수록 시설에 있는 꼬맹이들이 생각났다.

비교되었다. 이토록 어린 나이에 험한 일들을 겪었구나… 사랑받고 귀염받기만 해도 부족한 나이에 많은 것을 홀로 감당하며 커야 했구나… 당연히 누려야 할 것을 누리지 못했구나…. '시설에 같이 있었을 때 더 잘해 줄걸' 하는 후회와 말을 안 듣는다고 꿀밤을 주었던 일이 떠올라서 미안한 마음이 들었다.

그것도 잠시, 내 아이를 키우는 것만으로도 벅찬 하루하루를 보냈다. 아이를 키우는 것은 생각보다 더 어렵고 힘들었지만, 그만큼 기쁨과 보람도 있었다. 워낙 아이들을 좋아해서 아이를 돌보는 것은 재미있었다. 유아 교육에서 배운 것들은 아이와 놀아 줄 때 큰 도움이 되었다.

엄마가 되는 것에 어색했던 나는 둘째를 낳으며 제법 능숙해졌다. 엄마라는 단어도 익숙해졌다. 아이가 처음으로 나를 "엄마"라고 불렀을 때, 무엇이라 표현할 수 없는 감정이 들었다. 어딘가 고장 났던 것이 고쳐진 느낌이었다. 죽음을 원하던 이상한 아이는 엄마가 되어 아이를 통해 삶을 살아가는 법을 배웠다.

내가 남들보다 이른 나이에 자녀를 가진 것은 축복이었다. 자녀는 내가 이 세상을 살아가야 할 이유가 되어 주었다. 20대의 나에게 자녀가 없었다면, 난 그 누구보다 빠르게 삶을 포기했을지도 모르겠다. 이 세상을 살아가야 할 이유 한 가지만 발견해도 힘들고 어려운 인생을 살아 낼 수 있다는 것을 알게 되었다. 어쩌면 인생이란, 그 한 가지를 찾는 여정일지도 모르겠다.

동화 속
해피엔딩입니다

※

'행복하게 해 주세요.'

밤하늘에 떨어지는 별똥별을 보며 소원을 빌었다. 태어나서 처음이자 마지막으로 본 별똥별이었다. 누가 그랬는지 모르겠지만, 별똥별을 보고 소원을 빌면 이루어진다고 했다. 기짓밀이었나. 소원이 이루어지는 순간이 오기전까지는 그렇게 생각했다. 나의 별똥별 소원은 15년이 지난 후에야 이루어졌다.

행복이란 무엇일까? 나는 한 번도 행복하다고 느껴 본적이 없어서, 행복이 무엇인지 잘 몰랐다. 그런 나에게 행복이 찾아왔다. 내 나이 30살이 넘은 어느 날이었다. 해가진 저녁, 달빛과 가로등이 집으로 향하는 골목길을 비추었다. 남편이 앞장서서 두 아이의 손을 잡고 걸었고, 나는 뒤따라가고 있었다. 그 평범한 순간이었다.

행복했다. 한 번도 느껴 본 적 없는 기분이었다. 아무것도 아닌 날에 아무것도 아닌 일에, 갑작스럽게 나의 소원이 이루어졌다. 아니, 정확히는 행복을 발견했다. 남편이 아이들의 손을 잡고 걷던 그 뒷모습은 나에게 행복이었다. 늘 곁에 있지만 모르고 지나치던 행복을 그제야 발견한 것이다. 보석에 대해서 잘 알지 못하는 사람은 보석을 봐도 흔한 돌멩이로 여기고 지나치는 것처럼, 나에게 행복은 돌멩이 같은 거였다.

행복을 발견할 방법을 몰랐다. 그날 비로소 발견하는 눈이 생겼다. 소.확.행(소소하지만 확실한 행복)이라는 말처럼 행복은 늘 우리 곁에 있다. 슬플 때도, 아플 때도, 힘들 때도 이제는 행복을 찾을 수 있다.

남편은 무뚝뚝한 나와 달리, 애정 표현이 많은 편이다. 매일 뽀뽀를 하고 포옹하고 나에게 예쁘다는 말도 자주 한다. 어느 날 아들이 나에게 "엄마는 공주님이야?" 하고 물은 적도 있다. 동화 속 공주님처럼 아빠가 엄마를 안고 있기 때문이었다. 동화 속 공주님과 왕자님처럼 다정한 엄마와 아빠는 없다고 생각했던 내가, 행복한 가정이란 것은 동화 속에나 존재한다고 믿었던 내가, 바로 그 주인공이 되어 있었다.

어린 시절의 내가 누릴 수 없었던, 꿈꿀 수조차 없던 화목한 가정을 이루며 살고 있었다. 까마득히 잊고 있던 보물을 뜬금없이 찾은 느낌이었다. 물론, 전혀 다른 두 사람이 만나 부부가 되어 살아간다는 것은 매우 힘든 일이었다. 게다가 올바른 가정이 무엇인지도 모른 채 자란 나에게 결혼 생활의 벽은 컸다. 무엇이 옳은 것인지 어떻게 해야 하는 것인지 모르는 것투성이에 실수투성이였다.

불꽃 튀는 싸움을 하는 날도 많았다. 그럼에도 단 한 가지 "가정을 지키는 것"은 우리 부부의 목표였다. 목표를 설정하자, 서로가 조금씩 변화하며 맞춰 가기 시작했다. 많은 시행착오를 겪으며 우리는 하나가 되어 갔다. 여전히 싸우는 날이 있지만, 그 싸움은 헤어질 이유가 아닌 서로를 알아가는 과정이었다.

삐걱거리긴 해도 이제 우리는 같은 곳을 바라보며 같은 길을 걸어간다. 부부는 마주 보는 것이 아니라 한 곳을 바라보는 것이라고 들었다. 아이들이 1살, 2살 커 가듯이 부부인 우리도 1살, 2살 성장했다. 엄마가 되는 법, 아빠가 되는 법을 배우며 아내가 되는 법, 남편이 되는 법을 배웠다. 아직도 성장 중인 내 인생의 결말은 잘 모르지만, 일단 오늘은 해피엔딩이다.

내가 이렇게
큰 사랑을 받을 자격이 있을까?

✳

멘토링 프로그램을 시작하게 되었다. 몽실의 멤버들이 멘토가 되어 처음으로 멘티들을 만나는 날, 기대하며 퇴소했던 시설을 찾았다. 설렜다. 시설은 변함없이 그 자리를 지키며 아이들을 품고 있었다. 내가 좋아했던 향기도 여전히 남아 있다. 기다리던 고등학생 멘티들을 만났다.

"우리가 다시 만나게 될 줄이야!"

너무 반가웠다. 내가 두 아이를 키우며 종종 떠올렸던 시설의 꼬맹이들이 고등학생이 되어 있었다. 훌쩍 큰 모습에 못 알아볼 뻔했지만, 어릴 적 얼굴이 조금씩 남아 있었다. 멘티들은 어렴풋이 나를 기억해 주었다. '이제라도 잘해 줘야지!' 다짐했다.

10년 전에 고등학생이던 아이가 어른이 되어 이제 고등학생이 된 아이들을 만나니까 새로웠다. 시간이 참 빠르게 느껴졌다. 같은 집에서 생활했던 여자아이가 나의 멘티가 되었다. 함께 카페도 가고, 맛있는 걸 먹고, 자전거도 타고 사진도 찍으며 추억을 쌓았다.

1년의 멘토링 프로그램을 마무리하는 여행 때, 고등학생인 멘티들은 우리를 위한 깜짝 선물과 편지를 준비했다. 감동이었다. 부족한 멘토였는데도 잘 따라와 줘서 고맙고 대견했다. 고등학교 3학년인 나의 멘티는 졸업을 앞두고 있었다. 졸업과 동시에 시설에서 퇴소해야 했다. 퇴소 후엔 시설에서 진행하는 멘토링 프로그램을 함께할 수 없었다. 우리 몽실 멤버들은 퇴소한 후에도 이 아이들을 계속해서 만날 수 있는 방법을 고민하기 시작했다. 그때, 사회적기업을 알게 되었다. 패기롭게 사회적기업가 육성사업에 도전하여 창업팀으로 선정되었다.

사회적기업이란 사회적 목적을 가지고 운영하는 기업을 말한다. 주로 취약 계층에게 사회서비스나 일자리 등을 제공하는 기업이 사회적기업이라 할 수 있다. 우리는 카페를 통해 시설에서 퇴소한 아이들에게 일자리를 제공해 주는 사회적기업이 되는 것을 목표로 삼았다. 더불어 아이들과 만나서 이야기할 수 있는 공간, 부담 없이 언제나 찾아올 수 있는 공간으로 카페가 최적의 비즈니스 모델이라고 생각했다.

멤버들과 창업 자금을 모았고, 지원금을 보태어 '몽실커피'라는 카페를 오픈했다. 각종 매체에서 '자립준비청년'의 관심도가 높아졌고, 우리 몽실커피도 함께 관심받았다. 방송 촬영 및 인터뷰 요청, 외부 일정이 생겼다. 바쁜 일정 사이에, 카페를 운영하며 쉬는 날에는 프로그램을 진행했다.

우리는 멘토링 프로그램뿐만 아니라 시설 아이들과 나들이 프로그램, 그 외 퇴소한 청년들과의 프로그램 등 다양한 프로그램을 진행하고 있었다. 게다가 카페 운영과 육아, 집안일, 그 외 내가 맡은 일들⋯ 생각지도 못한 관심과 많은 일이 점점 부담으로 다가왔다. 바빠지는 삶에 쉬는 날은 없었다. 잠자는 시간이 줄었고, 나를 위한 시간은 사라졌다. 한번은 많은 일과 속에서 숨이 잘 안 쉬어지는 느낌을 받았다. 사람들을 만나는 것이 점점 불편했다. 이대로 가다간 공황장애가 생길 것 같았다.

프로그램을 진행하던 어느 날, 몇 시간도 잠을 자지 못한 채 아침 일찍부터 시설 아이들을 데리고 나들이를 하러 갔다. 피곤한 몸을 이끌고 프로그램에 참여하고 있었다. 어느 순간부터 내가 좋아하던 아이들과의 만남이 일처럼 느껴졌다. 마음이 힘들었다. 프로그램을 마친 후 아이들과 함께 시설로 귀가하는 차 안에서 피곤한 몸을 기대며 눈을 감았다.

'나는 이 일을 왜 하는 걸까?' '나는 언제 쉴 수 있을까?' '계속하는 게 맞는 걸까?' 이런 생각을 하며 눈을 감고 있는데, 갑자기 내 얼굴 위로 그림자가 졌다. 해가 지던 참이라, 노을빛이 차 안 가득 들어왔는데 내 옆에 있던 아이는 내가 잠을 자는 줄 알고, 눈이 부실까 봐 자신의 작은 손바닥으로 내 눈을 가려 주었다. 울컥했다. 눈물이 나오려는 것을 참았다.

'내가 뭐라고.' 내가 뭐라고, 이 아이는 잠든 내가 눈이 부실까 봐 작은 손으로 햇빛을 가려 주는 것일까? 아이의 행동은 나를 향한 사랑이었다. 아이들의 사랑은 참 크다. 도대체 내가 이런 큰 사랑을 받을 자격이 있을까? 미안했다. 내가 사랑을 주고자 시작했던 일로 내가 더 많은 사랑을 받고 있었다.

난 참 못난 사람이었다. 아무리 생각해도 이런 사랑을

받을 자격이 없었다. 이 아이들을 더 사랑하지도, 더 품어 주지도 못하는 사람이었다. 마음속에 불평불만을 품으며 지쳐 가는 나에게 아이들은 만날 때마다 사랑을 표현해 주었다. 고마움과 미안함이 동시에 들었다. 더 잘해 주고 싶은데 그러지 못해서 미안해, 더 오래 함께하고 싶은데 그러지 못해서 미안해, 그럼에도 나를 좋아해 줘서 고마워.

시설의 초등학생, 중학생 아이들은 내가 시설에 있을 당시엔 함께 살지 않았다. 몽실의 멤버와 대부분 처음 보는 사이지만, 우리가 같은 시설에서 살았다는 사실만으로 친근하게 다가왔다. 함께 맛있는 걸 먹으러 가거나, 놀기도 하며, 가끔은 집에 데려와 재우기도 했다. 시설 선생님께는 비밀이라며 우리만의 이야기를 공유하기도 했다. 이 아이들의 고민과 생각은 나도 한 번쯤은 해 보았기에 공감하고 들어 줄 수 있었다.

별거 없다. 때론 라떼를 외치며 아이들에게 잔소리하거나, 혼을 내기도 한다. 가정에서도 엄마, 아빠 말은 안 들어도 형과 누나의 말은 듣는 경우가 있지 않은가? 우리 아이들도 그렇다. 시설 선생님의 말씀은 안 들어도, 우리가 말하면 듣는 경우가 있다. 때론 보호자의 역할을, 때론 친구의 역할을, 때론 형(오빠)과 누나(언니)의 역할을 한다. 우리는 또 다른 가족이다.

몽실의 활동은 나를 변화시켰다. 가치관이 변하면서 삶의 목적이 변했고, 직업이 변하면서 삶의 패턴이 변했다. 함께하는 사람이 바뀌고 만나는 사람이 바뀌었다. 나만을 위한 삶을 살아가다가 더불어 살아가는 삶을 배웠다. 나 혼자서 할 수 없는 일도 몽실 멤버와 함께하면 해낼 수 있었다. 도움을 주고자, 위로를 주고자 시작했던 프로그램을 통해 내가 도움받고 위로받았다. 사랑을 주고자 했던 내가 더 큰 사랑을 받았고, 그걸 통해 나를 온전히 사랑할 수 있게 되었다.

몽실을 통해 한 가지 알게 된 사실이 있다. 나의 아픔을 통해 누군가를 돕는다면, 그건 더 이상 상처와 아픔이 아닌 남을 돕는 용기가 된다는 것이다. 알코올 중독자 아버지, 가정 폭력, 보육 시설 등 나에겐 아픔이었던 일이 어느새 치유되었다. 과거의 아픔을 회피하면 썩고 곪은 채로 나를 괴롭히지만, 그 아픔을 직접 마주하니 더는 아프지 않았다.

나는 몽실 덕분에 힘든 누군가에게 먼저 손을 내밀고 함께할 수 있었다. 사랑은 또 다른 사랑을 낳는다. 잠을 못

자서 피곤한 몸을 이끌고 나갈 수 있는 것도, 숨을 못 쉴 것 같은 압박감 속에서 버틸 수 있는 것도, 그 모든 것을 뛰어넘는 건 사랑이었다. 아이들이 내게 준 사랑과 함께하는 멤버들의 사랑, 남편의 사랑과 자녀의 사랑, 끝없이 이어지는 사랑의 연대가 모든 어려움을 이기도록 만들었다. 나는 내가 받은 사랑을 가지고 지친 누군가에게 함께하자고 손을 내민다.

세계 일주,
가 보자잇

흑인의 거친 이미지는 TV를 통해 주입된 우리의 편견이라는 생각이 들었다. 어쩌면 자립준비청년을 바라보는 시선과 같을지도 모른다고 생각했다. 짧은 생각을 끝내고 동행과 현지 식당으로 이동하여 밥을 먹었다. 그리고 TV에서만 본 '자유의 여신상'을 보기로 했다.

누나는
나를 키우겠다고 했다

✳

어릴 적, 나는 할머니와 같이 살았다. 나는 말썽쟁이였고, 할머니의 뒤를 졸졸 따라다니며 근처 작은고모 집에 자주 놀러 갔다. 그곳엔 사촌 형과 누나가 살았고, 우리는 늘 함께했다. 나는 어느 순간 그곳에 머물기 시작했다.

작은고모는 미용실을 운영하고 계셨고, 강아지 한 마리도 있었다. 미용실에 갈 때마다 강아지와 앞마당에서 뛰어노는 일이 즐거웠다. 지금의 생활이 익숙해질 무렵, 막내 고모의 집에서 살아야 했다. 그리고 얼마 안 가 큰아버지의 집으로 거처를 옮겼다. 집을 자주 옮기면서 집이라는 공간의 의미가 모호해졌다. 그때의 나는 '왜 이렇게 옮겨

다니며 살지?' 하고 생각했다. 큰아버지 집으로 오면서 그 이유를 알게 되었다. 나 때문이었다. 나는 감당하기 어려운 말썽쟁이였다.

내가 말썽을 피울 때마다 큰아버지는 차분하게 나를 훈육하셨다. 반면 큰어머니께서는 내가 더 이상 말썽을 부리지 않도록 혹독하게 꾸짖으셨다. 하지만 나는 고집이 센 아이였고, 하지 말라고 하면 더 하는 아이였다. 큰아버지의 집에서도 나를 감당할 수 없었고, 마지막으로 큰고모의 집으로 옮기게 되었다.

나보다 키가 조금 더 큰 누나가 있었고, 큰고모가 반겨 주셨다. 누나랑 나는 7살 차이였다. 처음엔 누나라는 말이 어색해서 쉽게 나오지 않았다. 누나는 내가 자신을 어려워한다는 걸 느꼈는지, 신경 써서 챙겨 주었다. 큰고모와 큰고모부께서도 나를 잘 챙겨 주셨다.

누나가 등교하면 큰고모부께서는 컴퓨터로 장기를 두셨다. 나는 장기를 두시는 큰고모부의 뒤에서 흰머리를 뽑았고, 한 번씩 흰머리를 뽑은 대가로 용돈을 받았다. 용돈을 받으면 곧장 오락실로 향하여 게임을 했다. 큰고모랑 누나가 산책하면 나도 뒤따라가서 산책했다. 점차 큰고모 집에서의 생활에 익숙해졌다. 초등학교를 입학하여 동네

친구들도 사귀고 같이 놀러 다녔다. 나는 학교에서 축구를
하는 순간에 가장 크게 웃었다.

이곳에서 살게 된 지 4년 정도 되던 날, 큰고모가 아프
셨다. 한쪽 팔과 한쪽 다리를 못 쓰셨고, 더 이상 나를 돌볼
여력이 되지 않으셨다. 하지만 내가 갈 수 있는 곳도 없었
다. 큰고모는 어쩔 수 없이 나를 보육 시설에 보내기로 하
셨다. 나는 이 결정이 어떤 것인지 알지 못했다. 이 소식을
들은 누나는 펑펑 울면서 자신이 나를 키우겠다고 말했다.
누나는 중학생이었다. 나를 키운다는 것은 현실적으로 불
가능했다. 누나는 한동안 울기만 했다. 그러다가 현실을
받아들였다. 평소보다 맛있는 것을 많이 사 주며 함께 놀
았다. 그리고 사진관에 가서 다정한 사진도 찍었다.

나를 보육 시설로 보내는 날이 다가오자, 큰고모는 나
에게 다른 고모 집으로 가야 한다고 말씀하셨다. 나는 누
나랑 떨어지기 싫다고, 가지 않겠다고 떼썼다. 완강한 어
른들의 모습을 보고, 울며불며 뛰쳐나가 저녁 늦게까지 집
에 들어가지 않았다. 그때 집에 들어가지 않고 돌아다니며
무슨 생각을 했는지 기억나지 않는다. 다만, 얼마 안 가 집
으로 돌아왔고 안 가면 안 되겠냐고 다시 물었다. 큰고모

께서는 안 된다고 하셨다. 나는 다른 고모의 집으로 갈 수밖에 없는 상황을 받아들였다.

큰고모의 집에서 떠나던 날, 짐을 들고 밖으로 나가니 어떤 아저씨가 승합차를 몰고 와서 나를 기다리고 계셨다. 나는 누나와 큰고모, 큰고모부와 작별 인사를 나눴다. 누나는 나에게 용돈을 쥐여 주면서 눈물을 쏟았다. 승합차를 몰고 온 아저씨가 나의 짐을 챙기고는 타라고 하셨다. 나는 '또 떠나는구나'라고 생각하면서 차에 올랐다. 아저씨는 운전하시면서 나에게 몇 가지 질문을 했고 질문에 대답하다 보니 거대한 집 앞에 도착했다.

공포의
위계질서

✳

나는 '이번에 살 고모의 집은 무척 크다'라고 생각했다. 아저씨께서 차에 실은 짐을 내리고 내게 따라오라며 안내하셨다. 길을 걷다가 여기서 조금 기다리라고 하셨다. 나는 앉을 곳을 찾은 뒤, 가방에 챙겨 온 바나나를 꺼내 먹었다. 안내해 주신 곳은 여자 기숙사였다. 나를 여자아이로 착각하신 거였다. 이내 누군가가 나에게 오라고 손짓했고 사무실로 데려다주셨다. 그제야 여기가 고모 집이 아니라는 걸 직감했다.

나는 짐을 들고 남자 기숙사로 들어갔다. '솔'이라는 반에 배정받았다. 그곳에 들어가서 방에 짐을 풀었다. 형들이 나를 보며 새로 들어온 애냐고 물었다. 초등학교 4학년이던 나는 왜소하고 키가 작았다. 나는 낯선 환경에 적응하지 못한 채, 잔뜩 겁을 먹고 덩치 큰 형에게 둘러싸였다. 한 친구가 나에게 다가와 같은 나이라며 놀자고 하였고, 그 친구는 내게 시설을 소개해 주었다. 남자 기숙사는 신, 미, 애, 솔 등 4개의 반이 있었다. 각 반에는 큰형부터 유치원생까지 다양한 연령대가 약 15명 정도 살았다. 그리고 각 집에는 방이 4개 있었다.

5시, 저녁 시간이 되자 아이들이 바쁘게 밥상을 차렸다. 나는 눈치를 보며 따라 하기 시작했다. 밥과 국은 식당에서 받아 와야 했으며 그 일은 중학교 1학년 형이 도맡았다. 초등학생은 상을 펴서 수저를 놓았고, 부엌에서 선생님께서 만드신 반찬을 상 위로 옮겼다. 저녁 밥상이 다 차려질 때쯤 중고등학생 형들이 한 명씩 큰방으로 나와 밥 먹을 준비를 했다.

여기선 제일 큰형이 먼저 밥과 반찬을 떠야 그 밑에 있는 아이들이 밥을 먹는 암묵적인 룰이 존재했다. 초등학생들은 식사 준비를 끝내고 기다렸다가 다 같이 앉아서 "잘 먹겠습니다"라며 크게 외친 후 저녁 식사를 했다. 한 친구가 밥을 다 먹고 쓰던 그릇과 수저를 싱크대에 가져다 놓는 걸 봤다. 나도 따라 하려는 순간 한 형이 나를 큰방으로 데리고 가서 "앉아서 형들 밥 다 먹을 때까지 기다렸다가 상을 치워라"라고 했다.

중학생 형들과 초등학생들이 밥을 먹은 후 큰방에 앉아서 기다리는 것을 봤다. 나는 이유를 알지 못한 채 동참했다. 알고 보니, 내가 입소한 날은 수요일이고 수요일 저녁에는 교회에 가는 날이라서 함께 갈 준비를 하는 거였다. 내 의지와 무관하게 흐름을 따라야 하는 상황이 불만스러웠지만, 표현할 수도 없었다. 나는 첫날부터 이곳의 규율을 배웠다.

예배당에는 각 반의 지정 좌석이 있었다. 앞줄부터 선생님과 초등학생들이, 그 뒤로는 중학생과 고등학생이 앉았다. 예배 시간이 되자 사도 신경을 시작으로 예배드렸다. 목사님께서 설교를 시작하셨고, 중고등학생 형들은 작은 공책에 글을 써 내려가기 시작했다. 그것은 설교 노트였다. 제일 큰형이 설교 노트를 쓰도록 지시하면서 모두 하게 되었다. 이 설교 노트는 불시로 검사하여, 한 명이라도 제대로 쓰지 않으면 다 같이 맞아야 했다.

예배를 마치고 반으로 들어가는데, 들어가자마자 어떤 형이 큰방으로 오라며 속삭이듯이 말했다. 형은 모든 반을 돌며 공지했다. 이야기를 들은 사람은 곧바로 큰방으로 달려갔다. 나도 똑같이 그 반으로 달려갔더니, 학년별 키순으로 서 있었다. 모든 학생이 모여 두 손을 앞으로 모으고 고개를 숙이고 있었다. 많은 인원이 좁은 공간에 있어서, 서로 어깨를 맞댄 채 붙어 있었다. 학생들의 입김으로 공간은 뜨거워졌고, 이토록 가까운 거리에 있으면서 누구의 숨소리도 들리지 않을 만큼 고요했다.

나는 우리 학년 중에 제일 키가 작아서 맨 앞에 두 손을 모은 채 고개를 숙이고 있었다. 첫날이라서 지금이 어떤 순간인지 아무것도 모른 채 몇 분간 긴장한 상태로 서 있었다. 문이 덜컥 열리고 큰형이 들어왔다. 한 손에는 회초리를 들고 있었다. 그걸 본 순간 나는 두려움이 몰려왔고 오싹했다. 큰형은 "니가 오늘 새로 들어온 애가"라며 회초리로 나를 가리켰고, 나는 떨리는 목소리로 "네"라고 대답했다. 큰형은 몇 분간 설교를 시작했고, 얼마간의 시간이 흘렀는지 모르겠을 즈음에 집합이 끝났다. 초등학생은 9시에 자야 해서, 나도 씻고 방으로 들어가서 잠을 청했다. 그렇게 첫날밤을 보냈다. 점차 시설의 단체 생활과 위계질서를 알아가기 시작했다. 나는 맞지 않기 위해서 더욱 위계질서에 따르게 되었다.

작은 행복을
얻는 방법

✳

내가 생활하게 된 보육 시설은 규모가 컸다. 놀이터와 운동장도 있고, 한 곳에는 목욕탕이 존재했다. 목요일은 남자들이 목욕탕에 가는 날이었다. 나는 목요일이 달갑지 않았다. 형들이 탕에서 나가고 싶어 할 때까지 탕 안에 있어야 했다. 뜨거운 물에 몸을 담그면 조금만 움직여도 뜨거움이 더욱 느껴져서 따끔할 지경이었다.

누구도 물 안에서 움직이지 않았고 조금이라도 움직이면 옆에 있던 형이 눈치를 줬다. 처음으로 목욕탕에 갔을 때 탕 안이 지옥 같다고 생각했다. 정신이 어지럽고 희미해졌지만, 형들에게 혼나는 게 더 두려워서 끝까지 참고 견뎠다. 어느 정도 몸의 때를 불리면 큰형이 아래 학년 형들에게 "애들 씻겨라" 하고 말했다. 모든 초등학생이 얼굴부터 몸까지 새빨개진 채로 지목된 형에게 다가갔다. 형들은 한 명씩 때를 밀고 씻겨 주었다.

우리는 아침 6시가 되면 기상했다. 초등학생은 큰방과 복도를 청소했다. 걸레를 잡고 엎드려뻗친 자세로 먼지가 한 톨도 보이지 않을 만큼 여러 번 오갔다. 청소가 끝나면 아침 식사를 준비하고 준비가 끝나는 대로 일어나지 않은 형들의 눈치를 살피며 조심스럽게 깨웠다. 아침 식사가 끝나면 상을 정리했다. 형들이 다 씻고 나와야 씻으러 들어갔고, 학교에 갈 준비를 했다. 아침에 형들이 등교하면 초등학생들은 등교하기까지 시간이 남아서 준비를 다 하고 TV를 켜 만화나 음악 방송을 보는 게 낙이었다. 무엇보다 전날 저녁에 형들의 눈치를 보느라 못다 했던 이야기를 나누며 친구들과 편안하게 웃고 장난치는 게, 그 당시 나에게 가장 소중한 시간이었다.

나는 평범한 가정의 아이들과 달리 빠르게 집에 들어가야 하고, 친구들과 잘 놀 수도 없었다. 군것질도 하지 못했는데, 이럴 때마다 남들과 다르다고 느꼈다. 그럼에도 100원짜리 과자를 사 먹기 위해서 차비를 쓰지 않고 시설로 돌아가는 길에 있는 가파른 경사를 올랐다. 여러 날을 걸어서 300원이라는 거금이 모이면 피카츄(캐릭터 모양 돈가스)를 사 먹기도 했다.

먹고 싶은 게 많아서 형들이 돈이 있는지 물어도 없다고 하고 얼른 돈을 양말 속이나 신발의 깔창 밑, 책가방 안에 넣었다. 그때쯤 나는 소중한 무언가를 지키는 방법을 터득한 것 같다. 나에게 100원은 큰돈이었고 한 번씩 철봉 근처의 모래를 뒤적거리며 동전을 주워서 군것질하기도 했다. 가난하던 시절이지만, 그럼에도 계획을 세워서 원하는 목적을 이루기 위해 노력했다.

학교를 마치면 곧장 시설로 들어와야 해서 싫었지만, 가는 길에 친구들과 이야기하는 잠깐의 시간이 즐거웠다. 시설로 돌아와서 오후에 다른 반을 돌아다니며 친구들을 만나서 놀다가 5시가 되면 저녁 식사를 준비했다. 7시가 되면 모두 큰방이나 배움터(공부를 가르쳐 주는 선생님이 계신 곳)로 와서 공부하고 9시가 되면 잠을 잤다. 그렇게 하루가 끝나는 나날을 보냈다.

지금까지 가져왔던 갈망,
해외여행

✳

어릴 적부터 뇌전증이라는 병을 앓았다. 시설에서 한 번 쓰러졌는데, 그 후 약을 먹으며 자랐다. 우리 시설은 1년마다 아동 한 명을 뽑아서 다른 시설 아이들과 만나도록 했다. 그리고 해외여행을 보내 주었다. 사무실 선생님께서 형이나 누나에게 해외여행을 가야 해서 여권을 만들어야 한다고 하시면, 그렇게 부러울 수가 없었다. 우리는 해외에 가본 적이 없어서 찾아올 기회만을 기다렸다.

우리 차례가 되니 한 친구는 가까운 일본을 여행했고, 다른 친구는 중국을 여행하며 백두산을 보고 왔다. 가장 부러운 친구는 유럽 여행을 다녀온 친구였다. '나도 언젠가 가겠지'라고 생각했지만, 갈 수 없었다. 내가 가지고 있는 뇌전증 때문에 어쩔 수 없는 일이었다. 어린 마음에 정말 가슴이 아팠고 화도 났다. 사무실 선생님들을 비난하며 싫어하기도 했다. 화낼 대상이 필요했던 것 같다.

지금 생각하면 선생님의 입장에선 잘 놀다가도 쓰러지는 내가 걱정돼서 며칠 동안이나 시설 밖도 내보내지 않을 거 같았다. 당시에 내가 약을 먹는 걸 싫어해서, 잘 챙겨 먹지도 않고 한 번씩 간호사님께 대들기도 했다. 여행할 수 없다는 비참함은 시설에 있는 내내 나를 따라왔고, 언젠간 꼭 해외여행을 다녀올 거라고 다짐했다.

내가 고등학생이 되었고, 학교에서 시행하는 자격증 시험에서 실기(납땜) 점수가 좋았다. 고등학교 3학년이 되고, 적성을 살려서 곧바로 취업했다. 회사는 스마트폰 액정 디스플레이를 조립하여 출하하는 회사였으며, 사회 초년생이라 잘하고 싶은 욕심과 호기심이 많았다. 나는 흥미와 재미를 가지며 회사 생활에 적응하게 되었다. 덕분에 타지 생활은 그렇게 고되지 않았다.

많으면 많고 적으면 적은 돈을 모으기 시작했다. 해외여행을 목표로 매달 월급의 60퍼센트를 저축했다. 2년이라는 시간이 흐르고 퇴사한 뒤, 고향인 부산으로 오면서 늘 다짐하던 해외여행을 가기로 마음먹었다. 해외여행을 하는 방법에 대해 전무해서, 어떻게 해야 하는지 인터넷에 검색하며 알아봤다. 일단 여권을 만들었다. 여권을 발급하기 위한 기간은 좀 걸렸지만, 받는 순간 뿌듯했다.

　이제야 어디로 여행을 갈지 고민하기 시작했다. 인터넷에 올라온 해외여행 사진을 보다가 캄보디아라는 나라가 눈에 들어왔다. 가성비가 좋은 곳이었다. 앙코르와트라는 거대한 문명과 건축물을 직접 보고 싶었다. '여기다.' 나는 캄보디아를 첫 해외 여행지로 정했다.

　이제 구체적인 계획을 세워야 했다. 내가 아는 영어 단어라곤 'Yes' 또는 'No'밖에 없어서, 조금은 두렵기도 했다. 그러던 중 패키지여행을 알게 됐다. 다른 사람과 동행하면 두려움이 덜할 것 같았다. 나는 곧장 투어사에 연락했다. 그리고 백화점으로 가서 큰맘 먹고 비싼 캐리어와 카메라도 장만했다.

　여행을 가기 전날, 준비물 목록을 보며 하나씩 챙겼다. 오후에는 은행에서 환전하고 집으로 돌아왔다. 일찍 잠자리에 들었지만, 도무지 잠이 오지 않았다. 이리저리 뒤척이다가 잠을 포기한 채 아침을 기다렸다.

아침이 밝아 오자, 나는 조금 일찍 공항으로 향했다. 탑승 수속부터 출국 심사를 마치고 보안 검색대를 지나서 내가 가야 하는 탑승구를 확인했다. 긴장했는지 면세점도 돌아보지 않고 의자에 앉아서 기다리기만 했다. 비행기 좌석에 앉자마자 내 심장은 빠르게 뛰기 시작했다.

비행기 내부의 모든 게 신기했다. TV로만 보던 구름이 눈앞에 펼쳐지고 있다는 게 믿기지 않았다. 눈동자를 어디에 둬야 할지 모르는 사람처럼 비행기 내부를 샅샅이 훑었다. 나를 제외한 사람들은 차분하게 책을 읽거나, 귀에 이어폰을 꽂고 노래를 듣거나, 연인끼리 담소를 나눴다. 그제야 나도 마음을 가라앉히고 주머니 속에 있던 이어폰을 귀에 꽂았다. 그리고 곧 펼쳐질 새로운 세상을 상상했다. 입국 심사를 마치고 투어사를 만나서 공항 밖으로 나왔다. 확실히 다른 세계에 온 것 같았다. 나는 주변을 둘러보며 투어사의 계획에 몸을 맡겼다. 이색적인 관광지와 먹거리를 접하면서 동행하는 사람과 많은 이야기를 나눴다. 갓 성인이 된 청년부터 자주 해외여행을 다니는 형, 가족끼리 여행을 온 사람들까지. 다채로운 인생을 목격한 순간이었다.

둘째 날 아침, 조식을 먹겠다는 다짐으로 알람이 울리자마자 식당으로 뛰어갔다. 다른 나라에서 먹는 조식이라니. 식당으로 내려와 보니 간단히 먹을 수 있는 **빵과 햄, 계** 란 등이 있었다. 주변에는 조식을 먹고 있는 외국인도 많았다. 새삼스럽게 해외여행 중이라는 걸 실감했다. 이 행복은 말로 다 표현할 수 없을 만큼 커서, 나의 행복 지수는 100퍼센트였다.

둘째 날도 어김없이 습하고 더웠지만 불쾌한 건 없었다. 오히려 어떤 일이든 긍정적으로 다가왔다. 셋째 날엔 그토록 바라던 앙코르와트를 보러 가는 날이었다. 툭툭이라는 이동 수단을 타고 달렸다. 바닥이 흙이라서 앞에서 달리던 툭툭이 때문에 흙먼지를 마셔야 했지만, 개의치 않았다. 흙먼지 사이로 보이는 풍경은 아직 개발되지 않은 나라의 순수함이 묻어 있었다. 내가 생각하던 가난한 나라는 없고, 그들만의 방식으로 풍족함에 물들어 있었다.

입구에 도착하자마자 저 멀리서 앙코르와트가 보였다. 나는 가까이 다가갈 때마다 "우와!"라는 말과 함께 입을 다물지 못했다. 사진으로 보던 곳을 내 발로 직접 왔다는 게 믿어지지 않아서 감격스러웠다.

회사에서 힘들게 일하며 버틴 순간과 사고 싶은 것도 참고 견뎌 왔던 기억이 한순간에 행복함으로 채워졌다. 일행과 사진을 찍었다. 사진 속 내 얼굴은 힘든 일은 한 번도 겪지 않은 사람 같았다. 투어를 끝내고 돌아오자, 감동의 여운이 가시지 않았다. 마지막 밤인데, 이렇게 잠들기는 아쉬워서 동행과 야시장에 갔다. 동행하는 가이드는 개구리 뒷다리를 먹어보고 싶은 사람이 있냐고 물었다. 지금이 지나면 하지 않을 것들을 하고 싶었다. 나는 도전 정신이 들어서 먹겠다고 말했다. '응? 맛있는데?' 맥주에 알맞은 안주였다. 몇몇 일행은 고개를 갸우뚱했지만, 내 입맛엔 좋았다. 그렇게 야시장에서 마지막 밤을 즐기고 호텔로 향했다.

마지막 날 아침이 되자 조식을 먹을 때부터 아쉬움이 밀려왔다. 그래도 즐기자는 마음으로 마지막까지 행복하게 구경하며 모든 일정을 끝내고 공항으로 돌아왔다. 기내의 창가에서 마지막 캄보디아 땅을 눈에 담으며 한국으로 돌아왔다. 그리고 스스로가 대견스러웠다. 초보 여행자로서 두려움이 컸지만, 많은 장애물을 극복하고 첫 해외여행을 무사히 마쳤다. 여행을 통해 나를 알아가는 시간이었다. 어떤 어려움도 극복할 수 있겠다는 자신감이 생겼다.

I want to go USA alone

✳

바라던 해외여행을 다녀오자, 다른 여행지도 도전하고 싶었다. 이번에는 자유여행으로. 그러자 나라가 고민되었다. 내 마음에 미국이 나타났다. 이번 여행이야말로 큰 도전이라고 생각하자, 약간 무거운 마음이 들었다. 혼자는 무리라는 결론에 도달했고 동행을 구하기로 했다.

2주 동안 여행 관련 정보를 검색하다가 여행 정보가 많은 한 카페에 가입했다. 여행 카페에서는 동행을 구하거나, 맛집이나 관광지 추천 등 내게 필요한 정보가 많았다. 카페에서 정보를 얻던 중, 21일간 미국 동부와 서부를 여행할 사람을 모집 중인 걸 발견했다. 장기 여행을 언제 해

보겠냐고 생각하며 즐겨보고 싶었다.

　나는 그들과 여행하기로 했다. 만나서 여행 날짜부터 정했다. 내가 가고 싶은 곳을 일정에 넣고, 동행이 찾아온 흥미로운 일정에 고개를 끄덕였다. 해 보고 싶은 게 있으면 서로 동의를 구했다. 그럴듯한 큰 틀이 잡히자, 기대감으로 마음이 요동쳤다. 우리의 여행은 뉴욕에서 시작한다. 며칠 동안 뉴욕을 돌아다니고, 동부의 도시를 여행하다가 비행기를 타고 서부에 가서 구경한 뒤, 마지막으로 LA에서 한국으로 들어오기로 했다.

　비행기표를 예매해 놓고 여행 날짜를 기다리던 도중 한 사건이 발생했다. 동행자들에게 사정이 생겨서 첫날에 같이 못 가고 다음 날에 올 수 있다는 거였다. 그 이야기를 듣자, 머릿속이 복잡해졌다. 첫날을 혼자 여행해야 한다니. '영어도 못 하는데, 내가 할 수 있을까?' 이내 마음을 굳게 먹었다. 한번 부딪쳐 보기로.

　여행 당일, 일단 홍콩에서 경유하기 위해 6시간을 기다리다가 뉴욕으로 가야 했다. 덕분에 17시간 비행을 경험했다. 비행기 안은 온통 영어와 모르는 언어만 들렸다. 승무원이 나에게 무엇을 물어보면 최소한의 단어로 소통하거나 몸짓으로 이야기를 전달했다.

그 상황 속에서 많은 힘듦이 있었지만, 계속 웃음이 터져 나왔다. 기내식도 나오는 족족 맛있게 먹어 치웠다. 지루한 순간과 불편함이 있었지만, 이에 대한 보상처럼 뉴욕 땅에 발을 딛었다. 까다롭다는 미국 입국 심사를 할 때도 긴장감이 몰려왔지만, 몇 가지 단어를 듣고 의미를 유추하며 천천히 답했다. 입국 심사를 잘 지나는가 싶었는데, 긴 문장의 질문이 들렸다. 나는 "네?"라며 어찌할 바를 몰라 했다. 그는 몇 번이나 나에게 되물었다. 나의 얼굴에서 당황함이 보였는지 "Sleep", "House" 하며 천천히 말해 주었다. 나는 그제야 이해하고 스마트폰으로 예약한 숙소의 주소를 보여 주며 웃었다. 그는 여권에 도장을 딱! 찍어 주며 나에게 건넸다.

공항 밖으로 나오자마자 미국의 공기를 들이마셨다. 일단 택시를 타고 예약한 숙소의 주소를 보여 줬다. 얼마 안 가 목적지에 도착했고 무사히 내렸다. 벨을 몇 번이나 눌렀는데 아무도 나오지 않자, 화장실이 급해서 근처 지하철역으로 향했다. 화장실에서 나왔는데 한 무리가 담배를 피우고 있었다. 나는 흡연자기 때문에 손가락으로 바닥을 가리키며 "Smoking, okay?" 하며 허락을 구했다. "Yes"라는 말을 들었고, 동시에 그들은 나에게 질문하기 시작했다.

예상한 질문이었다. 한국 사람이라고 하면 북쪽에서 왔는지 남쪽에서 왔는지 물을 것 같았다. 내가 남쪽에서 왔다고 답하자, 다시금 질문을 쏟았다. 유창하게 대답하고 싶었지만, 영어를 잘 못한다고 외쳤다. 우리는 간단히 이야기하며 악수했다.

예약한 숙소로 돌아와서 벨을 누르니 어떤 아주머니께서 나오셨다. 예약한 내용을 확인시켜 주자, 나를 방으로 안내해 주셨다. 긴장을 많이 했기 때문인지 짐을 풀 힘조차 남지 않았다. 그대로 침대 위에 누워서 잠들었다.

아침이 되자 누군가 나의 방문을 계속 두드렸다. 문을 열자, 동행의 얼굴이 보였다. 나는 반갑게 맞이했고, 이제야 한시름을 놓았다. 동행 중 한 명의 삼촌이 뉴욕에 살고 계셨는데, 삼촌께서 "왜 할렘가에 방을 잡았냐"며 나무라셨다고 했다. 우범 지대라며 조심하라고 얘기하셨다는 거다. 그 말을 듣고, 잠깐 생활한 바로는 그렇지 않다고 생각했다. 물론 조심하면 좋지만, 여기서 짧게나마 만나고 인사한 사람들은 자상해 보였다.

흑인의 거친 이미지는 TV를 통해 주입된 우리의 편견

이라는 생각이 들었다. 어쩌면 자립준비청년을 바라보는 시선과 같을지도 모른다고 생각했다. 짧은 생각을 끝내고 동행과 현지 식당으로 이동하여 밥을 먹었다. 그리고 TV에서만 본 '자유의 여신상'을 보기로 했다.

"와…!"

실재를 만나니 탄성이 절로 나왔다. 생각보다 더 거대해서 놀라웠다. 내가 뉴욕의 랜드마크를 보다니. 믿기지 않았다. 보는 순간 큰 경비를 지출하면서 생긴 부담과 잠깐이나마 외지에 혼자 남겨지면서 힘들었던 기억이 다 사라졌다.

내가 선택한 현재에 0.1퍼센트의 후회도 남지 않았다. 우리는 4일간의 뉴욕 여행을 마치고 토론토로 향했다. 나이아가라 폭포를 보기 위한 여정이었다. 내가 폭포에 가까워질수록 물방울이 시원하게 날아오기 시작하면서, 한편에서 거대한 물소리가 들렸다. 폭포의 형태가 온전하게 드러나자, 그 근처로 많은 사람이 모여 있었다. 나는 카메라를 들고 멋진 광경을 담았다. 가는 곳마다 기대 이상이라, 더욱 가 보고 싶은 곳이 많아졌다. 직접 눈으로 보고 느끼고 싶었다. 이런 풍경을 볼 수 있다는 사실에, 이곳에서 살아 숨 쉴 수 있는 현재에 감사했다.

그렇게 동부 여행을 끝내고 서부로 이동했다. 이번 목적지는 라스베이거스였다. 비행기에서 내리고 게이트로 나오자마자 '라스베이거스' 하면 떠오르는 카지노답게 많은 기계가 놓여 있었다. 우린 저녁쯤 도착하게 되었고 곧장 도시로 나왔다. 길거리의 광란을 마주하고 조금 주춤했다. 온 거리가 파티 중인 것처럼 북적였으며, 모든 장소가 사진 명당이었다. 불빛이 곳곳에 반짝여서 도시의 화려함을 더했다. 건물은 전부 거대했고 거리마다 공연장이었다. 우리는 한 손에 맥주를 들고 거리의 공연을 즐겼다.

　　호텔로 들어가서 카지노를 경험하기로 했다. 일정 금액으로 시도했고, 역시나 탕진했다. 씁쓸한 마음이 들었지만, 새로움을 경험한 값진 순간이라는 생각이 들었다.

　　우리는 다음 날 이른 새벽부터 그랜드 캐니언에 가기 위해서 따로 예약해 놓은 투어사와 이동했다. 가는 시간이 길어서 차에서 잠을 청했고, 눈을 떠 보니 도착해 있었다. 정신이 번쩍 들었다. 그 풍경을 바라보면서 유네스코 세계 문화유산다운 웅대함을 느꼈다. 사진으로 봤던 모습과 내 눈으로 본 모습은 달랐다. 말로 표현이 안 될 만큼 아름다웠다.

　　나는 카메라가 협곡으로 떨어질 듯 말 듯하게 들고, 이리저리 셔터를 눌렀다. 그렇게 관광하고 숙소로 돌아왔는데 여운이 가시지 않아서, 하루 종일 그 풍경에 대해 동행과 이야기했다. 여유가 생기면 다시 가 보고 싶은 관광지였다. 라스베이거스에서 남은 일정을 돌아다니며 마지막 도시인 샌프란시스코로 이동했다.

곧 떠나야 한다는 생각이 밀려오자, 최대한 기록을 남기고 싶어서 쉴 틈 없이 돌아다니기로 다짐했다. 지나가는 사람들의 여유와 미소가 나에게 여행하는 즐거움을 주었다. 마지막으로 여행하기 알맞은 도시라고 생각했다. 관광 명소를 돌아다니며 숙소로 돌아왔고 다음 날 일정은 정해진 게 없어서 혼자 여행해 보기로 했다. 동행들도 동의했고, 마지막 날은 약속 시간과 장소를 정하고 흩어졌다. 그리고 각자 혼자만의 순간을 만끽했다.

여행하면서 어느 정도 이국적인 풍경에 적응해서 그런지, 두려움이란 건 마음속에 나타나지 않았다. 도시를 걷는 자체가 낭만이었다. 눈에 띄는 식당이 있어서 들어갔다. 맛있는 빠네 해물 크림 파스타를 시켜 먹었는데, 생애 최고의 맛이었다.

약속 시간이 돼서 동행과 만났고, 서로 어떤 시간을 보냈는지 공유했다. 우리는 자전거를 빌려서 바닷가를 돌아다녔다. 이제 정말 떠날 시간이었다. 기념품 가게에 들른 후 출국하러 공항으로 향했다. 눈물은 나지 않았지만, 눈물이 흐르는 기분이었다. 기필코 다시 오겠다며 다짐하고 우린 비행기를 타고 한국으로 향했다.

한국에 돌아와 동행들과 작별 인사를 하고 집으로 돌아왔다. 집으로 돌아오는 길엔 빠르게 흐른 시간을 부정했지만, 현실은 부정할 수 없었다. 아쉬움이 컸지만, 이 경험이 앞으로의 삶에 큰 힘이 된다고 생각했다. 그렇게 나는 여행의 묘미를 알았고, 간간이 여러 나라를 여행하며 삶을 즐기고 있다.

일상을 새로움으로
물들이며

✳

최근에는 몽골에서 수많은 별을 보고 왔다. 사진으로는 그 오묘함이 다 담기지 않아서, 저녁마다 밤하늘을 보며 턱이 다물어지지 않을 만큼 감탄했다.

　나에게 여행은 언제나 새로운 경험과 감동을 준다. 여행하는 동안 나의 마음은 편안해서 아무런 잡생각도 들지 않는다. 여행할 때마다 설레는 나를 보며, '내가 정말 하고 싶은 거구나' 하고 알아간다. 물론, 낯선 문화에 적응하지 못할 때도 있고 어려움이 찾아올 때도 있지만 그때마다 시간처럼 부정적인 감정도 흘러간다. 게다가 어려움을 맞이하면 작은 즐거움도 커졌다. 덕분에 역경이 찾아와도 좋은 점을 찾았고, 내가 선택한 것에 후회하지 않게 됐다.

여행은 내 삶에 행복을 더하는 방법이다. 만약 내가 마음속으로만 다짐하고 도전해 보지 않았다면 지금까지 여행하면서 생각하고 느낀 감정을 알 수 없었을 것이다. 이제는 여행할 때 두려움을 느끼지 않는다. 여행은 설렘과 행복 그리고 즐거움을 아낌없이 전해 준다. 당신이 아직도 해외여행을 가 보지 않았다면, 매력을 알려 주고 싶다. 해외여행을 통해서 새로운 것을 발견하고 내가 가진 편협함을 벗을 수 있다. 익숙하지 않은 공간에서 또 다른 나를 배울 수 있다. 역경에 부딪히고 이겨 내는 경험을 하면서, 일상에서 힘들 때마다 꺼내 볼 앨범 같은 추억을 얻을 수 있다. 인생을 살아가는 힘이 된다.

기대어
일어서다

8살 때부터 마음속에는 '난 이 세상에서 가장 불행한 사람이야'라는 확신이 있었다. 어쩌면 자신의 삶에 대한 좌절과 절망의 독백 같지만, 여기서 끝이 아니라 내 안에 늘 이어지는 질문이 있었다.

"그래서?"

내가
주인공이 된 날

✳

유치원에 다니던 시절. 다른 유치원으로 옮기는 친구가 있
을 때면, 그날은 그 친구가 우리 유치원의 주인공이었다.
어린아이들의 아쉬운 마음을 표현하는 방법은 단순했다.
모든 아이가 그 하루만큼은 그 친구를 위해서 놀고 하원할
때는 눈물의 작별 인사를 건넸다. 유치원을 옮기는 친구가
많지 않았지만, 간혹 떠나는 친구를 볼 때마다 나도 한 번
쯤 저런 주인공이 되고 싶다며 내심 부러워했다.

　　하루는 어머니가 다급한 모습으로 유치원에 찾아오셨
다. 어머니를 만났다는 반가움도 잠시. 나를 사이에 두고
어머니와 선생님께서 나누시는 대화를 들어보니, 우리 집

이 급히 이사하게 되어 유치원도 오늘이 마지막이라는 것이었다. '드디어 꿈에 그리던 주인공이 되는구나!' 어른들의 대화가 오가는 그 짧은 시간 동안, 나는 나대로 친구들에게 마지막 인사를 무어라 말할지, 내가 좋아하는 친구들이 날 위해 울어 줄지 여러 상상을 하며 한껏 기대에 부풀어 있었다.

그러나 나의 기대와 달리, 어머니는 내게 친구들 앞에서 인사할 시간조차 주지 않고 찾아올 때의 모습처럼 다급하게 내 손을 꼭 붙들고 데려가셨다. 주인공이 될 줄 알았던 그날, 아버지로부터 도망가는 날이었다.

아버지로부터 도망가기 위해 먼 타지의 이름 모를 반지하 집으로 들어왔다. 그곳에서 새롭게 시작한 삶은 하루하루 숨만 쉬어도 행복했다. 어머니만큼은 홀로 두 명의 아이를 키워 내야 했기에 한숨이 깊어지셨지만, 우리는 더이상 폭력 앞에 불안해하지 않아도 돼서 살 만했다.

어릴 적, 나에게 아버지는 우리 가정의 행복을 무너뜨리는 사람이었다. 어머니와 2살 터울의 누나, 그리고 나. 이렇게 세 명의 가족은 비록 풍족하진 않아도, 함께라는 기쁨으로 삶의 행복을 한 겹씩 쌓아 올리며 살아갔다. 낮선 도시에 적응해 가며 초등학교에 입학하고 새로운 친구, 새로운 환경, 새로운 시간을 보냈다. 그저 평안한 나날을 보냈다.

학교를 마치고 집에 돌아오면 어머니는 일하러 나가셔서 텅 빈 집의 적적함만이 나를 맞이했지만, 어머니께서 차려 두신 점심과 쪽지가 나를 외롭지 않게 해 주었다. 하루는 아침 등교를 하며, 어머니가 점심으로 내가 가장 좋아하는 김치볶음밥을 준비해 주기로 약속하셨다. 평소 같으면 학교를 마치고 친구들과 실컷 놀고 나서야 집에 들어가고 싶지만, 그날만큼은 빨리 들어가고 싶었다. 그렇게 한껏 부푼 기대로 집 문을 열었을 때, 집 안에는 평소와 같은 적적함이 아닌 다른 것이 있었다. 아버지였다.

아버지의 큰 덩치에 집 안은 그림자가 졌고, 몸에서 풍기는 술 냄새는 숨 쉬는 공기마저 무겁게 만들었다. 집 안 곳곳은 아버지의 난폭함과 폭력의 흔적으로 가득했다. 깨지고 부서지고, 그 입에서는 끊임없이 욕설이 나왔다. 혹여나 자식에게 상처 하나 입힐까 봐, 어머니는 그 작은 몸으로 우리를 빈틈없이 꼭 감싸 안으시고, 아버지는 연약하고 야윈 어머니의 작은 몸뚱이에 무참한 폭력을 쏟아부으셨다.

아버지가 잠기운에 못 이기실 때까지, 어머니는 한겨
울 냉랭한 바닥에 엎어져서 어린 내 살갗이 조금이라도 차
가워질까 봐 자신의 무릎 위에 나를 온전히 앉히셨다. 나
를 옷으로 꽁꽁 감싸 꼭 안아 주셨다.

도축장으로
끌려가듯

✳

초라하지만 새롭게 단장해 가던 우리 가족의 행복이 그날 밤 처참하게 무너져 내렸다. 어머니가 폭력 앞에 쓰러지실 때까지, 내가 할 수 있는 것이라고는 울고 소리치는 것밖에 없었다. '누군가 도와주길, 제발 누군가 이 목소리를 듣고 달려와 주길.' 간절한 마음으로 끊임없이 소리쳤다. 그날 나의 울음은 단순한 슬픔의 표현이 아니었다. 8살 아이의 무력감에 사무친 비명이고 절규였다.

시간이 얼마나 지났을까, 실신하신 어머니는 주변 이웃의 도움으로 병원에 실려 갔다. 나는 그제야 안도감, 두려움, 슬픔, 분노 등 어린 나이로 감당하기 어려운 감정의 매듭을 지으며 혼자 눈물을 삼켰다. 집 안 곳곳에 흘린 어머니의 피를 닦았다. 내가 느끼는 감정이 무엇인지 돌아볼 여력은 없었다. 다만, 어머니가 살아 계시기를 기도하며 눈에는 눈물이 가득 차서 보이지 않는 눈으로 방바닥을 하염없이 닦고 또 닦았다.

아버지는 나와 누나를 세워 두고 자신을 따라 부산으로 갈지 선택하라고 하셨다. 아버지의 모습은 사냥감을 잃어버린 맹수 같아 보였다. 대답을 잘못하면 곧바로 내가 다음 사냥감이 될 것 같은 공포를 느끼며 나와 누나는 어쩔 수 없는 선택을 해야 했다.

나와 누나는 아버지를 따라 다시 아버지의 집으로 돌아오게 되었다. 그렇게 어머니와는 생이별했다. 옛집이면 반가울 만도 한데 도축장으로 끌려가는 가축이 된 심정이었다. 아버지와 살기 시작한 며칠은 생각보다 괜찮았다. 어린아이들의 환심을 사기 위해서였는지 직접 돈가스도 튀겨 주고 이부자리도 챙겨 주는 등 상냥하셨다.

그러나 우리는 아버지가 환심을 사야 할 존재가 아니라는 것을 깨닫는 데 오랜 시간이 걸리지 않았다. 아버지의 변심이 아니었다. 아버지의 본심이 나온 것이다. 청소,

빨래, 밥 차리기 등 모든 집안일은 누나와 나의 몫이 되었다. 아버지에게 맞고 멍드는 것은 일상이 되었다. 집에 먹을 것이라고는 쌀과 김치밖에 없었고, 그것마저 떨어지면 라면을, 그것도 없으면 굶는 것에 익숙해졌다.

나는 아버지께 무엇을 해서 맞는 것인지, 무엇을 안 해서 맞는 것인지 분별력을 갖출 새도 없이 폭력에 익숙해졌다. 비극적인 것은 폭력에 익숙해져도, 폭력으로 인한 고통에는 조금도 익숙해지지 않았다는 것이다.

나를 향해 무차별적으로 휘두르는 아버지의 주먹을 힘껏 막아 보지만 막으려던 팔도, 맞는 얼굴도 모두 엉망이 되었다. 작고 왜소한 내 몸으로는 아버지의 폭력을 막아 낼 힘도, 그렇다고 견뎌 낼 힘도 없었다. 매일 몸에 멍자국이 늘어 갔고, 학교에 가면 선생님과 친구들에게 몸에 상처가 난 이유에 대해 핑계를 대며 살아야 했다.

어느 순간부터 누나는 여자라는 이유로 아버지에게 덜 맞았다. 때로는 나만 맞는 게 억울해서 누나가 얄밉기도 했지만, 차라리 내가 다 맞아서 다행이라는 생각이 들었다. 내가 사랑하는 사람이 맞는 것을 무기력하게 보는 것보다 내가 맞는 게 더 참을 만했다.

아버지가 폭력을 쓸 때마다 조금만 더 버티면 언젠가

는 이곳에서 벗어나 어머니를 만날 수 있을 거라고 생각했다. 그러면 다시 행복하게 지낼 수 있을 거라는 희망 하나를 꼭 쥐고, 팅팅 부은 얼굴로 이불을 푹 뒤집어쓰고 흐느끼는 소리가 새어 나가지 않도록 숨을 죽여 가며 잠드는 날이 참 많았다.

인생은
액션 영화처럼

✳

'인생은 타이밍'이라는 말을 흔히 한다. '인생에 찾아오는 기회의 순간을 잘 잡아야 한다'는 의미다. 그런데 그 '타이밍'이란 것은 생각지 못한 순간에 발단될 때가 있다. 내가 아버지로부터 벗어난 날이 그랬다.

내 인생의 타이밍, 그날은 액션 영화의 한 장면 같았다. 어릴 때 명절이 되면 성룡 배우가 주연으로 나오는 액션 영화를 방영했다. 주인공이 여러 도구를 가지고 현란하게 악당을 무찌르는 모습이 얼마나 멋졌는지, 11살 남아의 마음을 뜨겁게 만들었다.

나는 이미 마음만큼은 무림의 절대 고수가 되어서 집

에 있는 장대를 가지고 이곳저곳 휘두르며 상상 속 악당과 목숨을 건 치열한 전투를 벌이기 시작했다. 싸움이 고조되어 절정에 다다르던 순간 사건이 터졌다.

"쨍그랑!"

내가 손에 쥐고 있던 장대가 집 천장의 커다란 형광등을 박살 냈다. 곧바로 누나가 달려왔고 깨져서 널브러져 있는 형광등을 바라보며 우리 사이엔 정적이 흘렀다. 그리고 누가 먼저랄 것도 없이 서로 부둥켜안고 울기 시작했다. 말하지 않아도 누나와 나는 같은 마음으로 울고 있었다. 놀라서 흘리는 눈물도, 다치지 않은 것에 대한 안도의 눈물도 아니었다. 아버지가 돌아오면 이제 또 맞는다는 공포와 두려움의 눈물이었다.

불과 며칠 전 아버지께 맞은 상처가 여전히 몸 곳곳에 남아 있던 터라, 버틸 자신이 없었다.

"누나, 아빠한테 맞는 거… 오늘은 못 버티겠어."

우리가 마음의 준비를 할 새도 없이, 이곳에서 빠져나가야 한다는 생각이 강하게 들었다.

"누나, 도망가자!"

누나와 나는 빠르게 옷을 챙겨 입고 필요한 짐을 싸기 시작했다. 영화에서 주인공이 괴한으로부터 도망가기 위해 차에 시동을 걸 때가 가장 긴장되듯이, 집을 나서기 위해 준비하는 그 짧은 시간이 길게 느껴졌다. 한겨울인데도 불구하고 온몸에 땀이 흥건했다.

온 가족이 모여서 화목한 시간을 보내는 설 연휴. 누나와 나는 화목한 삶을 위해 가정으로부터 떠나야 했다. 11살과 13살, 어린 나이의 가출이었다. 하지만 행복을 바라기에 부족한 나이는 절대 아니었다.

부산에서 서울까지,
어머니 찾아 삼만리

✳

얼마큼 겨울을 버텨야 할지 몰라서 옷은 넉넉하게 세 겹 네 겹씩 껴입었다. 그러다 보니 우주복을 입은 것처럼 뒤뚱거리며 걷는 꼴이 참 웃겼다. 급하게 집을 나선 터라 앞으로의 계획은 없었다. 우리에게 있는 것이라고는 웃긴 꼴의 우주복과 명절 용돈으로 모아 둔 만 원뿐이었다.

고민하던 중에 누나가 공중전화 부스에 들어가서 번호를 누르기 시작했고, 곧이어 누군가 전화를 받았다. 놀랍게도 수화기 너머로 들려온 목소리의 주인은 어머니였다. 어릴 적 외워 둔 어머니의 전화번호를 누나가 기억하고 있었던 것이다. 4년 만에 어머니의 목소리를 듣자, 공중

전화 부스 안은 대성통곡으로 가득했다. 다시 어머니를 만날 수 있다는 희망이 지난 설움을 한 번에 씻어 내는 것만 같았다.

그런데 기쁨도 잠시. 어머니의 입에서 예상치 못한 답변을 듣게 되었다.

"다시 아버지께 돌아가렴."

어머니의 그 한마디로 누나와 나는 갈 곳을 잃었다. 그동안 나를 버티게 해 준 희망이 뒤도 돌아보지 않고 저 멀리 도망가고 있었다.

누나와 나는 부산역 주변을 며칠 동안 배회했다. 변변찮은 잠자리나 매서운 추위보다 참을 수 없던 것은 배고픔이었다. 주머니에 만 원은 있었지만, 이 돈은 우리 남매의 전 재산이라서 함부로 쓸 수 없었다. 하지만 '배고픔 앞에 장사 없다'고 했던가. 며칠째 이어진 공복으로 우리는 결국 식당을 찾아서 들어갔다.

그래도 마지막 양심을 발휘하여 돈가스를 하나만 시켜서 나눠 먹었다. 추운 바람을 피해서 따뜻한 식당에 앉아 있는 게 얼마나 좋았는지, 식당 문이 닫힐 때까지 그 자리에 버티고 있었다. 늦은 밤, 식당에서 나왔고 이대로 얼마 못 버틸 게 분명했다. 새로운 계획이 필요했다.

어머니는 우리를 찾아오지 않으시고, 아버지께 돌아가는 것은 죽기보다 싫으니, 답은 분명해졌다. '우리가 어머니를 찾아간다!' 일단 어머니가 계시는 서울로 가면 어떻게든 찾을 수 있을 거라고 생각했고, 부산역의 매표소로 향했다.

매표소 창구는 어린아이에게 어찌나 높던지, 까치발을 들어야 직원과 겨우 대화할 수 있었다. 손에 쥔 지폐 몇 장과 동전을 보여 드리며, "이걸로 서울에 갈 수 있어요?"라고 물었다. 직원은 난처해하며 한참 부족하다고 알려 주셨다.

'돈가스를 안 먹고 조금만 참을걸.' 우리는 이 돈으로 갈 수 있는 가장 먼 곳의 표를 끊어 달라고 했다. 직원은 당황하셨지만, '엄마를 찾으러 간다'는 우리의 말과 그렁그렁 맺힌 눈물을 보고 기차를 탈 수 있도록 도와주셨다.

찾아가는 여정 속에도 우여곡절이 많았지만, 누나와나는 결국 서울까지 갈 수 있었다. 그렇게 서울역에서 어머니를 직접 만날 수 있었다. 그러나 그날 어머니와의 재회는 지금껏 내가 기대하던 모습과는 전혀 달랐다.

'어머니와 만나면 한동안 그 품에 안겨 있어야지. 그동안 보고 싶었던 마음, 나누고 싶었던 이야기를 다 말할 거야.' 꿈에 그리던 어머니와의 재회를 현실로 맞이한 순간, 난 어떤 것도 할 수 없었다. 어머니의 품에는 다른 아이가 안겨 있었다.

왜 그동안 우리를 찾아오지 않으셨는지, 왜 우리에게 돌아가라고 말씀하셨는지를 이해할 수 있었다. 그토록 그립던 어머니인데, 내가 다가가면 안 될 사람 같았다. 어제 만난 것처럼 친숙하고 편할 줄만 알았는데, 어머니를 대하는 내 행동이 어색해졌다. 어릴 적과는 다르게 어머니에게 존댓말이 나왔다.

그리움이었을까, 서운함이었을까, 아니면 배신감이었을까. 헤아릴 수 없는 감정이 내 안에 뒤섞였다. 지금껏 참아 왔던 내 마음들이 쏟을 곳을 찾지 못하고 그 자리에 그대로 굳어 가기 시작했다. 나를 붙잡고 미안하다며 눈물을 흘리는 어머니께 거짓말을 했다.

"저 하나도 안 힘들었어요. 진짜 괜찮았어요."

내가 어머니의 행복에 방해되는 사람 같았다. 나는 어머니를 더 이상 힘들게 하지 않기로, 어머니의 행복을 지켜주기로 했다. 이제는 어머니와 진짜 이별이었다.

"엄마, 행복해!"

그렇게 누나와 나는 서울에서 어머니를 만난 후 경찰서를 찾아갔고, 부산에 있는 보육 시설로 가게 되었다.

표류하는 빙산 위의
북극곰

✳

북극곰 한 마리가 헤엄친다. 자신의 몸으로 오르기에는 너무 작은 빙하에 매달려서 잠시 숨을 고르더니 다시 물로 뛰어든다. 발붙일 곳 하나 없어, 쉴 만한 빙하를 찾기까지 계속해서 헤엄친다. 더 나은 삶을 바라서가 아니라 살기 위한 일이었다.

우리는 보다 나은 환경을 원한다. 그것이 우리의 삶에 어떻게든 영향을 끼친다는 것을 잘 알고 있기 때문이다. 안타깝게도 내 인생에 지대한 영향을 끼치는 요소는 대체로 내가 선택할 수 없다. 내가 태어날 나라나 인종을 선택할 수 없고, 부모님을 선택할 수도 없다.

어떤 사람들은 태어나자마자 다른 사람의 부러움을 살 만한 기본값을 갖추기도 하고, 그렇지 않은 경우도 있다. 나는 불우한 가정에서 태어나 부모님의 이혼으로 사랑보다 학대를 받으며, 보육 시설에서 자라왔다. 이것이 내 삶에 주어진 기본값이었다.

신이 내 인생을 계획하셨다면, 나를 만드실 때 실수한 건 아닐까, 하는 의구심이 들기도 했다. 내 인생이 다른 사람보다 고단하다는 것을 깨닫기까지 오랜 시간이 걸리지 않았다. 운동회나 학예회, 입학식과 졸업식이 누군가에게는 가족과 사진을 찍으며 기념하는 날이지만, 나에게는 '수업하지 않는 날'이었다. 굳이 다른 친구의 가정과 비교하지 않더라도, 거울에 비친 내 얼굴을 마주할 때면 곳곳에서 자기주장이 강한 멍 자국이 '넌 참 불쌍해'라는 것을 알려 주었다.

8살 때부터 마음속에는 '난 이 세상에서 가장 불행한 사람이야'라는 확신이 있었다. 어쩌면 자신의 삶에 대한 좌절과 절망의 독백 같지만, 여기서 끝이 아니라 내 안에 늘 이어지는 질문이 있었다.

"그래서?"

'어려운 지금의 상황은 어쩔 수 없지만, 앞으로 어떻게 할 것인가?' 하는 내 안의 질문이 있었다. 어려서부터 철이 들었던 것인지, 머리를 맞다 보니 오히려 비상해진 것인지, 지금 돌아봐도 어린아이가 참 기특한 생각을 했었다.

'내가 가장 불행한 사람이라면, 반드시 행복해지자! 그래서 나처럼 불행한 사람들에게 "너도 행복해질 수 있어!"라고 말해 주자.'

스스로의 질문에 내린 대답은 이것이었다. 어린 나이에 마음먹었던 그 멋진 각오는 지금까지도 내 삶의 비전이 되어 날 이끌고 있다. 삶이 때때로 힘겹고 어렵게 느껴지는 이유는, 내가 원하지 않는 일들이 내 삶에 주어지기 때문이다. 내가 선택하지 않은 고난과 역경이 찾아오면 세상을 원망하거나 잘 살기 위한 노력을 포기하고 싶어진다. 그럴 때마다 어린 날의 내가 불쑥 찾아와서 질문한다.

"그래서?"

그래서 당신은 어떻게 할 것인가? 난관을 이겨 내는 힘은 마음가짐에 달려 있다. 유리하든 불리하든 내게 주어진 환경은 출발점일 뿐 종착지가 아니다. 내 인생을 만들어 가는 주체는 바로 나 자신이다.

환경이 내 인생을 재단하게 내버려두지 말자. 아름다

운 모양으로 가꾸어 가는 내 인생의 옷감에 세상이 먹물을 끼얹었을지라도 여전히 내 인생의 모양은 내가 결정한다. 지금 내 인생은 환경에 도전하며 헤엄치는 중일 수도 있고, 잠시 숨을 고르기 위해 빙산 위에 몸을 맡겨 표류하는 중일 수도 있다. 쉬어 가도 괜찮다. 다만, 주어진 환경에 지지 말자.

환경보다 더 큰 꿈을 품자. 살기 위해서 헤엄치고 표류하다 보면, 언젠가 내 꿈의 빙산에 다다를 것이다. 그러면 내 인생이 또 다른 누군가를 위한 이정표가 되어 줄 수 있지 않을까.

상처로 아파해도
괜찮아

✳

사람은 어머니의 배에서 나오는 첫 순간, '울음'으로 자신의 출생을 세상에 알린다. 울음은 아기가 자신이 필요한 것을 요청하는 의사소통 방식이며, 감정을 표현하는 방법이기도 하다. 그렇기에 울음은 인생에서 필히 경험하는 본능이다.

그러나 우리가 보육 시설에서 지낼 때 이 울음은 금기시됐다. 맞아서 아프더라도 터져 나오는 울음이 새어 나갈까 봐 입을 꾹 다물고, 끔뻑거리는 눈으로 눈물을 되삼키며 버텨 내야 했다. 우리에게 울음은 위로받고 공감받을 감정이 아니라, 더 맞을 이유밖에 되지 않았다.

겉모습은 커 가지만, 감정만큼은 어린아이에 멈춰 있었다. 내 감정과 마음은 누군가에게 이해받거나 공감받을 수 있는 것이 아니라고 생각했다. 힘들거나 어려운 일이 생겨도 슬퍼하는 내 마음 자체를 스스로 부정해야 했다. 혹여나 내 마음에 대해 누가 묻는다면 습관처럼 항상 "괜찮아"라고 말했다. 이미 마음이 굳을 대로 굳어 있었다.

차갑게 굳어 있던 내 마음이 대학 생활을 하며 만난 소중한 인연을 통해서 녹아내리기 시작했다. 대학교 선교 단체 동아리에 들어가면서 인생의 선물과도 같은 사람들을 만났다. 눈물 없이 살아온 나의 삶을 듣고 대신 눈물을 흘려 준 사람들이었다. 습관처럼 나오는 나의 "괜찮아"라는 말에, "슬퍼해도 괜찮아"라는 위로와 공감을 얹어 주었다.

그러고 보니 지금껏 해 왔던 "괜찮아"는 괜찮아서 한 말이 아니라, 지나간 상처이기 때문에 단념하려고 했던 나의 표현이었다. 나는 내 상처에 대해 스스로 묵인하며 살아왔다. 그제야 내 안에 있는 상처 입은 어린 나에게 "정말 괜찮아?"라고 물을 수 있었다.

나의 마음이 아프다고 느껴진다면 "더 이상 아프지 마"라고 하기보다 "아파해도 괜찮아"라고 말해 주고 싶다. 힘들다고 말하는 마음을 향해 이제 그만 힘들자고 말하기보다 힘들 수도 있다고, 힘들어해도 괜찮다고 위로해 주고 싶다.

누구나 각자의 아픔과 상처를 안고 살아가기 마련이다. 힘들어하는 자신을 보채기보다 상처를 마주하고 극복하는 여유를 스스로에게 주고 싶다. 적어도 나는 내 편이 돼 줘야 한다. 상처의 크기는 중요하지 않다. 우주의 절반이 나보다 큰 아픔이 있다고 한들, 나는 내 손톱에 박힌 가시가 가장 아프다.

내 마음이 아프다고 한다면, 그곳에 귀를 기울여 주자. 충분히 아파하고 또 울어도 괜찮다. 갓난아이에게 우는 것만이 생존을 위한 방법이듯이, 오늘도 나만의 생존 방법을 찾아서 힘껏 표현할 생각이다.

이정표는 될 수 없지만,
울타리가 돼 줄게

✳

보육 시설을 퇴소하는 수많은 사람이 저마다 '자립'이라는 명목하에 세상과 각개전투를 벌인다. 각자 가지고 있는 '자립'의 정의도 다르고 방식도 다르다. 어떤 모습이 성공한 자립인지, 무엇이 옳은 방향이고 좋은 선택인지도 모른 채, 각자 '자립'이라는 희미한 목적지를 향해 등 떠밀리듯 엉거주춤한 모양새로 세상에 첫걸음을 내디딘다.

나도 그러했고 내 친구도 그러했다. 발이 닿지 않을 만큼 수심이 깊은 바닷물에 내던져진 것처럼 타인을 신경 쓸 겨를도 없이 그저 가라앉지 않기 위해서 발버둥 치는 것만이 우리가 할 수 있는 자립의 현실이었다.

시간이 흘러 같은 시설에서 퇴소한 친구들을 만났다. 각자 살아남기에 급급해 돌아보지 못했던 서로의 삶이 눈에 들어왔다. 세상의 풍파에 열심히 견디고 버텨 낸 인생의 상흔이 서로의 눈에도 보였다. 참 대견하고 때로는 안쓰러웠다. 자연스럽게 서로의 고단함에 공감과 위로를 주고받았다.

'사람'을 뜻하는 한자 人은, 두 사람이 서로에게 기대어 서 있는 것을 상형화한 글자라고 한다. 즉 사람은 홀로 살아가는 존재가 아니라 더불어 살아가는 존재임을 의미한다. 우리가 함께일 때 비로소 '혼자 하는 자립'이 아니라, '더불어 하는 자립'의 가치를 깨달을 수 있었다.

돌아보면 내 인생이 성장하는 데 밑거름이 되어 준 것은 개인의 능력이나 탁월함이 아니었다. 때로는 넘어지고 쓰러지기를 반복하는 인생의 실수와 실패의 순간에도, 늘 곁에 서서 함께 버텨 주고 믿어 주는 사람들이 있어서 '지금의 나'에 이르렀다. 덕분에 넘어져도 다시 일어설 수 있었고, 성장할 수 있었다.

나를 믿어 주는 관계, 공감과 위로를 나누는 관계, 격려와 지지를 보낼 수 있는 관계 속에서 우리는 성장할 수 있었다. 덕분에 내가 누군가에게 그런 울타리가 되어 주고 싶었다. 그렇게 우리는 '열매를 꿈꾸다'라는 이름의 '몽실' 공동체를 이루게 되었다. 자립준비청년들과 함께 공감하고 그들을 믿어 주며 끊임없는 격려와 지지를 보내서 함께 성장하길 꿈꾸고 있다.

열매는 그 자체로 의미가 있지만, 그 안에 더 큰 가능성이 있다. 열매가 맺히는 것도 중요하지만, 하나의 열매를 땅에 심을 때 더 많은 열매를 맺을 수 있게 된다. 이것이 우리가 꿈꾸는 자립의 모습이다. 자립이라는 열매를 맺을 수 있도록 내가 가진 따뜻한 햇볕을 나눠 주려고 한다. 그리고 아름답게 맺힌 그들의 삶이 또 다른 열매를 맺는 데 도움이 되길 희망한다.

여전히 우리에게 자립에 대한 정답은 없다. 그러나 '함께'라는 것을 통해 자립의 밑거름이 돼 주고 싶다. 넘어지고 실패하더라도 다시 일어서도록 든든한 발판이 되어 주고 싶다.

종종 후배들이 자립에 대한 질문을 한다. 주거의 문제, 재정의 문제, 진로의 문제 등등. 사실 우리가 직접적으로 해결해 줄 수 있는 것은 거의 없다. 다만, 그 고민을 함께 짊어지는 사람이 되어 주는 것, 끊임없이 잘해 낼 수 있다고 응원하고 믿어 주는 것, 힘들 때면 기댈 곳이 되어 주는 것, 그래서 결코 혼자가 아니라는 것을 알려 주는 것. 이 것이 '몽실'이라는 나무로서 우리가 바라는 모습이다.

정답을 알려 주는 '이정표'는 되어 줄 수 없을지라도, 믿어 주고 지지하는 관계 안에서 마음껏 실패하고 또 도전 할 수 있도록 안전한 '울타리'가 되어 주고 싶다. 그것이 우 리가 세상 가운데 커 가는 방법이다.

오르막길이 있으면
내리막길도 있다

그저 먼저 자립한 선배로서 힘들거나 어려운 부분에 대해서 조언해 준다. 친구들이 퇴소하고 사회생활을 시작할 때 기댈 수 있는 버팀목이 돼 주고 싶은 마음이 동력이 된다. 과거의 나와 비슷한 친구들에게 도움을 줄 든든한 존재가 되는 것만이 우리 목표다. 그 시절, 우리에게 필요했던 따뜻한 어른이 돼 주고 싶다.

참는 게
습관인 아이

✳

초등학교 입학식, 설렘과 기쁨이 가득한 마음으로 엄마의 손을 잡고 처음으로 학교에 갔다. 제주도 외진 시골에 있는 학교는 학년마다 반이 하나뿐이어서, 늘 학급 구성원은 같았다. 초·중학교 학생을 다 합쳐도 150명 정도 되는 작은 학교였다. 엄마도 이 학교에 다녔을 정도로 오래됐지만 내가 입학할 땐 신축 건물로 지어져 학교 시설이 매우 좋았다. 하나뿐인 반 친구들과도 금방 친해졌다.

한적한 제주도 시골은 학교와 집 말고는 놀 곳이 없었다. 학교와 집을 오가며 친구들과 뛰어놀았다. 학교에 가지 않는 날은 친구 집에 전화해 "안녕하세요. 누구 친구인데 친구 있어요?"라고 물어보고 만날 장소와 시간을 정해서 놀았다.

집으로 돌아오면 부모님은 일하느라 잘 계시지 않았다. 늘 아무도 없었는데, 어느 날 수업이 끝나서 집으로 돌아가는 길에 먼발치에서 마당에 빨래를 너시는 엄마의 모습이 보였다. 나는 반가움에 곧장 달려갔다. 부모님은 양어장에서 일하셨고, 어린 마음에 부모님의 일을 돕겠다며 따라가서 양어장에 있는 물고기를 구경하며 놀기도 했다. 부모님이 쉬시는 날엔 나들이하기도 했는데 경마장에 가서 말도 구경하고, 도시락을 싸서 놀이동산에도 갔다.

어느 날 동생이 태어났다. 나보다 7살 어린 귀엽고 예쁜 동생이었다. 아기라 침을 너무 흘려서 손수건으로 직접 닦아 주고, 기저귀도 갈아 주면서 곁에 있었다. 형이기에 동생을 잘 돌보려고 노력했다.

제주도 바닷길, 해안 도로를 따라가면 상호와 위치는 잘 기억나지 않지만, 내가 좋아하던 돼지 갈빗집이 있었다. 그곳에서 먹는 갈비를 좋아했는데, 부모님과 함께 고기를 먹는 시간이 내가 기억하는 가장 화목했던 시절이다.

부모님께선 자주 싸우셨다. 집에서 창문과 접시가 종

종 깨졌고 물건은 날아다녔다. 서로 욕하며 몸싸움까지 벌이셨다. 하루는 잠을 잘 시간이 되었는데, 잠을 잘 수 없을 만큼 큰 싸움이 벌어졌다. 집 안은 번번이 전쟁터가 되었고, 나는 그 이유가 무엇인지 알지 못한 채 두려운 마음에 울면서 싸움을 말렸다. 그렇게 부모님은 이혼하셨다.

나는 엄마와 제주도에서 부산으로 향했다. 부산에서 엄마가 잘 아는 이모의 집에 얹혀살았다. 조금씩 우리의 생활에 변화가 찾아왔다. 계속 얹혀살 순 없어서 넉넉하지 못한 형편에 방 한 칸의 집으로 이사했다. 어린 나는 낯선 환경에서 적응하며 지내는 게 힘들었다. 엄마마저 공격적으로 변하셨다. 가정에 불화가 생기고 생계가 어려워지면서 심적으로 힘드셨던 것 같다.

아무것도 없이 타지에 와서 홀로 형제를 키우셨는데, 그 어려움을 다 알지 못해도 '나라도 엄마를 힘들게 하지 말아야겠다'라는 생각이 있었다. 어린 나이지만 참아야 하는 상황이라는 것을 알고 눈치 보는 것이 일상이 되었다.

그때부터 힘들어도 티를 내지 않고 꾹 참기 시작했다. 제주도에서 친구들과 밝게 지내던 나는 없고, 점점 어두워지기 시작했다. 무엇보다 가장 힘들었던 것은 계속 전학을 다녀야 하는 상황이었다.

아버지는 항상 술을 마시고 우리가 사는 집에 찾아오셔서 행패를 부리고 돈을 훔쳐 갔다. 흉기로 협박하고 위협을 가하며 괴롭히는 날도 많았다. 우리는 어쩔 수 없이 도망을 다니듯 매번 이사했고, 나는 학교생활 내내 1년마다 전학을 다녔다. 부산에서 초등학교에 다닐 때는 친구를 사귈 수 없었고 매번 새롭게 적응해야만 했다. 새로운 사람들을 만나는 상황과 자주 바뀌는 환경에 스트레스를 많이 받았다. 하지만 엄마를 힘들게 할 수 없어서, 참는 것밖에 할 수 없었다. 나는 잘 참는 아이로 자랐다.

엄마의 행복을 위해
떠나기로 했다

✳

하루는 아버지가 나와 동생을 키우시겠다며 데리고 간 일
이 있었다. 나는 계속되는 이사에 지쳐서, 그리고 우리가
아버지를 따라가면 더는 엄마를 괴롭히시지 않을 것 같다
는 마음에 따라가겠다고 했다. 엄마를 찾아오셔서 괴롭히
는 이유가 '아이의 아버지'라는 것과 '아이를 키우겠다'라
는 명분이었으니, 우리가 없으면 엄마가 힘드시지 않을 거
라고 생각했다. 그때 내 나이는 초등학교 고학년, 동생은 7
살이었다.

아버지는 해운대 해수욕장으로 향하셨다. 그땐 여름
이어서 해수욕을 즐기는 사람이 많았다. 나도 바다를 보고

신나서 동생과 물놀이하며 놀았다. 모래사장 뒤, 돗자리를 펼쳐서 앉을 수 있는 공간에 아버지는 자리를 잡고 술을 드셨다. 물놀이를 다 한 후 아버지의 옆에 앉았다. 저녁이 되어 모두 집으로 돌아가는데도 우리는 계속 해수욕장에 있었다. 배도 고프고 해가 지면서 추워지기 시작했다.

그러다 여기서 주무신다는 아버지에게 속으로 '이럴 줄 알았다'라며 이곳에 온 걸 후회했다. 나와 동생은 엄마가 몰래 쥐여 준 만 원을 꺼내서 뭐라도 사 먹자고 이야기했고, 아버지는 편의점에서 술과 안주를 사 오셨다. 이 순간에도 술을 드시는 모습에 화가 났지만, 말해도 듣지 않으실 걸 알아서 잠자코 있었다. 알코올 중독은 답이 없었다.

편의점에서 사 온 것만으로는 배가 부르지 않았다. 동생은 어려서 마냥 아버지라는 존재가 좋았던 것 같다. 힘들다고 징징거리거나 울지도 않고 잘 있어서 다행이었다. 밤이 되어 잠을 자기 위해 길에 널브러진 종이 박스를 주워 왔다. 동생이랑 같이 덮고 잠을 잤는데, 새벽이 되자 너무 추워서 잠에서 깼다. 여름이지만 새벽 바닷가는 냉랭했다. 나는 잠들다 깨기를 반복하다가 결국 신문지를 찾으러 다녀야 했다. 신문지를 찾아와서 덮고 그 위에 종이 박스를 덮으니 그제야 잠들 수 있었다. 굶주림과 추위, 분노와 슬픔이 가득한 밤을 보냈다.

아침이 되어 눈을 떴다. 딱딱한 땅바닥 위에서 추위에 떨며 잠을 자서인지, 잠을 잤는데도 불구하고 피로했다. 게다가 어제부터 제대로 먹은 게 없어서 무척 배고팠다. 이제 어떻게 할 것인지 아버지께 여쭤봤다. 술이 떨어진 아버지는 담담하게 자신을 따라오라며 앞장서셨다. '이제 올바른 생활을 할 수 있을까?' 하는 생각도 잠시, 아버지는 명함을 꺼내서 한 식당에 들어가더니 사람들에게 돈을 빌려 달라고 하셨다. 순간 나는 몸이 얼어붙었다. 충격이었다. '아버지가 지금 구걸하는 건가?'

술에 취한 아저씨와 곁의 아이들을 보는 사람들의 눈빛과 말을 여태 잊을 수 없다. 그날 아버지는 우리를 데리고 해수욕장 근처 가게를 다 들어가서 구걸하셨다. 나는 이상한 눈빛과 불쌍한 눈초리를 받으며 어떤 말도 할 수도 없었고, 서러워서 당장이라도 눈물이 나올 것 같았다. 애써 참으며 아버지의 뒤를 따라다녔다. 도망치고 싶었다. 억울하고 슬픈 마음을 넘어서 분노가 올라왔다.

아버지로서 책임감은 어디에 있는지, 이럴 거면 왜 우리를 데려가겠다고 한 것인지 이해할 수 없었다. 다행히 마음씨 좋은 분들이 주신 돈으로 우리는 삼계탕 한 그릇을 시켜 나눠 먹었다. 나는 밥을 다 먹고 어제 잠잤던 곳으로 돌아가서 아버지가 모르게 공중전화로 엄마에게 전화했다. 울컥한 마음을 억누르며 떨리는 목소리로 데리러 와 달라고 부탁했다. 전화를 받고 데리러 온 엄마는 우리의 모습을 보고 알아보지 못했다고 하셨다. 우리는 하루 만에 완전히 엉망이 되어 있었다.

초등학교만 졸업하고
갈게요

✳

다시는 아버지를 따라가지 않겠노라 다짐하며 엄마와 함께 살았다. 이후에도 어김없이 술에 취한 아버지는 집에 찾아오셨다. 경찰에 신고해도 소용없었다. 돈이 필요하면 와서 돈을 달라며 집에 있는 저금통마저 들고 가 술을 드셨다. 돈이 떨어질 무렵 다시 찾아와 문을 두드리고 소리를 지르며 소란을 피우기도 하셨다. 창문 유리가 깨지는 날도 있었다. 엄마는 그때마다 일하는 도중 집으로 급하게 오셔서 우리를 보호했고, 상황을 정리하셨다. 이런 일상은 반복되었다.

지금 생각해 보면 엄마는 강한 사람이다. 언제나 우리

를 지키려고 최선을 다하셨다. 알코올 중독자인 아버지는 '아버지'라는 이유로 동사무소와 학교에 찾아가서 내가 어디로 전학을 갔는지 알아내셨다. 학교 근처에 숨어서 기다리고 있다가 나를 발견하면 몰래 쫓아와 집 주소를 알아내셨다. 수없이 도망치는 엄마의 노력에도 불구하고 아버지는 끈질기게 찾아오셨다.

어김없이 경찰을 불러서 상황을 마무리하는데, 하루는 한 경찰관께서 상황의 심각함을 알고 엄마에게 말씀하셨다. 아이들을 보호할 수 있는 안전한 곳으로 보내고 잠시 떨어져서 지내는 것이 어떻겠냐고. 보호할 곳을 알아봐 주신다고 했다. 그 당시 우리와 비슷한 가정이 있었는데, 반복된 행패 끝에 결국 살인까지 일어났다고 덧붙이셨다. 경찰관은 걱정스러운 마음에 아버지로부터 우리를 보호해야 한다고 말씀하신 것이다.

엄마는 많은 고민 끝에 잠시 떨어져 지내는 게 좋겠다고 하셨다. 그리고 우리에게 상황을 설명해 주셨다. 그렇게 나와 동생은 보육 시설에 가야만 했다. 시설에 가야 한다는 사실을 알게 되었을 땐 너무 슬펐다. '나는 부모님이 있는데 왜 보육 시설에 가야 하는 걸까?' 하는 생각밖에 없었다. 어쩔 수 없는 그 상황을 다 이해하기엔 아직 어린 나이였다.

    가정의 불화 속에서도 동생을 챙기며 살던 나는 일찍 철이 든 탓인지, 엄마에게 티를 내지 않고 참았다. 대신, "초등학교만 졸업하고 가게 해 주세요"라고 부탁했다. 초등학교 졸업을 앞두고 중학교가 배정된 친구들은 중학생이 된다는 설렘과 친한 친구와 같은 학교에 가는 것을 기뻐하고 있었다. 나는 친구들 속에 어울릴 수 없었다. 기쁘지도 않았고 설렘은 더욱 없었다. 그저 '왜?'라는 질문만이 머릿속을 맴돌았다. '왜? 내가 뭘 잘못했을까?', '왜? 나는 이렇게 지내야 하는 걸까?', '왜? 원인이 무엇일까?'. 내가 잘못하지 않았음에도 스스로에게 답을 찾으려 애썼다.

새로운 환경에 적응하기
시작하며

＊

내가 살았던 보육 시설에는 학생회가 있었다. 한 형이 회장이었는데, 자주 집합을 시켰다. 집합을 왜 그렇게 많이 하는지 알 수 없었다. 사소한 일에도 어김없이 모여야 했다. 집합할 때는 긴장되는 분위기가 가득했다.

학생회에서 하는 일이 많았는데, 그중 하나가 '시설 외부 청소'를 하는 것이었다. 주변에 나무가 많고 뒤에는 산이 있어서 가을이 되면 각종 나뭇잎과 솔잎이 많이 떨어졌다. 이것을 모두 쓸어 담아 청소해야만 했다. 시설 안에 밭이 있어서 밭일도 해야 했다. 형들이 무서워서 억지로 해야 했지만, 친구들과 일하면서 즐겁기도 했다.

내가 중학생이 되었을 때, 같은 중학교에 다니는 시설 친구가 등교할 시간에 피시방에 가자고 했다. 처음으로 학교에 가지 않고 피시방에 간 날은 재밌었다. 그렇게 학교보다 피시방에 자주 출석했다. 돈이 없어서 피시방에 가지 못하는 날에도 학교는 가기 싫어서 주변을 서성이다가 하교 시간에 맞춰서 보육 시설에 들어가곤 했다. 교복을 입고 돌아다니면 어른들이 매번 "학교 안 가고 뭐 하냐?" 하고 묻거나 이상한 시선으로 쳐다보셨다. 나는 그 눈초리가 싫으면서도, 학교는 가지 않았다.

하루는 피시방에서 게임을 하는데 보육 시설 선생님께서 찾아오셔서 우리를 잡아갔다. 우리는 잡혀가서 실컷 혼나고 밭일과 벌 청소를 했다. 당시 학교는 나한테 중요하지 않다고 생각했다. 가기 싫으면 안 갔고, 가고 싶으면 갔다. 지금 생각해 보면 정서적인 불안과 스트레스가 커서 인생을 포기했던 것 같다. 힘들다는 이유로 삶을 회피했다. 짧은 방황을 마치고 '이렇게 살진 말아야지' 생각하며 학교생활을 착실하게 하기 시작했다.

뒤늦게나마 학교에 열심히 출석했지만, 기초가 없던 탓에 성적이 좋지 않았다. 다행스럽게도, 내 성적으로 들어가기 힘든 고등학교가 정원이 미달되어 갈 수 있었다.

운이 좋았지만, 나에게 선택권은 없었다. 원하지도 않는 실업계 고등학교의 디자인과에 가야만 했다. 애초에 무엇을 배우고자 하는 마음이 없었다.

　디자인 수업은 나에게 힘들었다. 컴퓨터로 하는 포토샵, 일러스트도 배웠는데 마찬가지였다. 모양에 맞게 라인을 하나하나 따는 작업을 할 때는 마우스를 던지고 싶은 마음도 들었다. 섬세함, 정확함을 요구하는 작업이 버거웠다. '3D MAX'라는 수업도 들었는데, 이 수업은 영어가 많아서 알파벳만 겨우 아는 내가 도저히 진도를 따라갈 수 없었다. 시간이 지날수록 수업 시간에 딴짓을 많이 했고 친구들이 컴퓨터로 디자인 작업을 할 때, 나는 몰래 웹툰을 보았다.

　어느 날 한 친구가 학교에 전자 담배를 가지고 와서 자랑했다. 점심시간이었는데 친구들이 하나, 둘 모이기 시작했고 창가 쪽 커튼 뒤에 숨어서 몰래 담배를 피웠다. 그때 교실 앞을 지나가던 교장 선생님께서 담배 연기를 보셨고, 즉시 현행범으로 잡혔다. 담배를 피운 친구를 포함하여 구경한 이들 모두 징계를 받게 되었다. 나는 구경만 했는데, 공범이 되어 억울했다.

선생님께선 각자 부모님을 호출하셨고, 나는 부모님이 오시지 않았다. 교무실에 가 보니 친구 부모님들 사이에 보육 시설 선생님이 서 계셨다. 나는 보육 시설 선생님께 얼른 인사만 하고 자리를 피했다. 내가 시설에 살고 있다는 사실을 친구들에게 들키지 않길 바랐다. 이게 억울하게 공범이 되어 혼나는 일보다 싫었다. 학년이 올라가자, 진로 상담이 시작됐다. 나는 대학에 갈 생각이 없어서 취업의 길을 택했다. 친구들은 대부분 진학반으로 갔고, 서로 다른 길을 가게 되면서 만남도 점점 줄어들었다.

3학년 2학기가 되니 학교에서 학생들에게 취업을 연계해 주기 시작했다. 나는 집 근처 공장에 취직하면서 남들과 다를 바 없이 무난하게 고등학교 생활을 마치고 졸업과 동시 보육 시설에서 퇴소했다. 졸업 이후 조금 특별한 점이 있다면 남들보다 일찍 결혼한 것이다. 자녀를 가지게 되어 대학 진학보다 일을 해야 했고 돈을 열심히 벌어야 하는 상황이 내가 성인이 된 모습이다.

헛된 수고

✳

나는 23살에 택배 일을 시작했다. 수익이 보장되는 곳에 소속되어 일했다. 내가 성실하고 친절하게 일하면 고정적으로 물량이 확보되기에, 어느 정도 고정 수익을 가져갈 수 있었다. 열심히 할수록 수익을 올릴 수 있어서, 점심밥도 거르고 일하는 날이 자주 있었다. 계단에서 뛰어다닐 정도로 열정적이었다. 당시에 세상이 전부 돈으로 보여서 욕심도 많았다.

크고 무거운 짐이 많아서 육체가 늘 피로했다. 산동네에 쌀, 배추절임, 과일, 농산물 등을 주기적으로 배송해야 했는데, 내 구역에 있는 산동네는 계단식 빌라가 많았다.

하루에도 몇십 번을 왔다 갔다 했고, 일하는 내내 숨이 턱 끝까지 차올랐다. 한겨울에도 땀이 날 정도였다. 하루에 2만 보 이상 걷는 건 기본이었다. 한여름의 뜨거운 햇볕을 쐬며 땀을 비 오듯 흘리며 일할 때, 장마철에 배송하기 위해 하루 종일 비를 맞아 속옷까지 다 젖으면서 일할 때, 한겨울에 새벽부터 나와서 몇 시간 동안 짐을 받는다고 칼바람에 맞서며 서 있을 때.

계절을 온몸으로 버티며 참고 일을 했었다. 이렇게 정신없이 일해도, 내가 해낸 물량을 보면서 노고를 날렸다. 해낸 만큼 금융 치료가 있었다. 돈을 많이 벌어야 했다. 준비되지 않은 결혼을 해서 어린 나이에 가장이 됐고, 내가 보살펴야 할 자녀가 있으니까. 택배 일을 시작한 덕분에 가족 외식도 자주 하고, 놀러도 다녔다. 큰 부족함 없이 지낼 수 있게 되었다.

나는 시간이 지날수록 씀씀이가 커졌다. 불필요한 지출이 많아졌고, 일명 '빚테크'라고 신용카드나 할부로 물건을 먼저 사고 갚아 나가는 형태의 지출이 늘었다. 어떤 것을 구매하거나 돈을 쓸 때 깊이 고민하지 않았고, 마음이 가는 대로 썼다.

지금 생각해 보면 보상 심리가 작용한 것 같다. 열심히 일했으니까, 고생했으니까 이런 나를 위해서 '이 정도는 쓸 수 있지'라고 생각했다. 명품을 사는 등의 사치를 부리진 않았지만, 일을 마치면 가지는 술자리와 취미 활동으로 지출이 컸다. 택배 거래처의 문제로 수익이 줄었지만, 씀씀이는 줄지 않았다. 갑자기 줄어든 수익을 메우기 위해서 당시 유행하는 '가상화폐'에 관심을 가졌다. 수익을 크게 낼 수 있다는 말에 솔깃해서 투자하기로 마음먹었다.

　대출을 받아서 가상화폐에 투자했다. 몇천만 원을 가지고 시작했는데, 결국은 모두 잃었다. 당연한 결과였다. 이 경험을 통해 진지하게 나의 모습을 돌아봤다. 돈을 대하는 내 모습에 대해. 돈을 벌기 위해서 일하지만, 결국 빚쟁이가 돼 버린 모습. 열심히 일하고 돈을 벌었지만, 돈을 바르게 사용할 줄 몰랐던 나의 모습을 보게 되었다.

　나는 보육 시설에서 자랐다는 이유로 군대도 면제를 받아서, 20대의 모든 시절을 일로 보냈다. 30대에는 자가를 갖는 것이 목표였는데, 오히려 빚만 쌓였다. 대출금을 갚기 위해서 낮에는 택배 일을, 밤에는 음식 배달 일을 하면서 부족한 생활비와 빚을 갚아 나갔다. 아침 일찍 일어나 늦게 눕는 수고로움이 헛된 일이 되어 버렸다.

밑 빠진 독에 물 붓기라는 속담이 있듯이, 지출 관리를 하지 않으면 큰 수익도 무의미했다. 나는 '밑 빠진 독에 물 붓는 상황'에서 벗어나려고 독의 구멍부터 막았다. 먼저 신용카드를 버렸다. 초반에는 어려움이 많았다. 이미 사용한 카드값을 내려면 다시 카드를 써야 하는 악순환에서 벗어나긴 쉽지 않았다. 당장 쓸 돈이 없어서 곤란한 상황도 많았다. 카드값을 벌기 위해 일을 하는 것 같았다.

그러다 보니, 내가 카드의 노예였다는 걸 실감했다. 자린고비 끝에 밀린 카드값을 청산하고, 이후에는 현금만으로 생활했다. 카드가 없어서 큰돈을 써야 할 때 부담되는 일도 있지만, 지금은 이게 마음이 편하다.

옛날에는 나가는 비용이 많아서 여러 일을 병행하며 돈을 벌었지만, 지출이 단순해지고 현금을 사용하다 보니 내 욕심으로 사용한 비용은 없어서 적은 수익으로도 마음 편한 생활을 이어갈 수 있었다.

나에게 돈이 없다고 불평할 게 아니라 지금 주어진 것에 감사하는 마음을 가질 수 있게 되었다.

아빠가 되어 보니,
사랑을 알겠다

✳

나는 두 명의 아들이 있는 아빠다. 이른 나이에 결혼해서 친구 같은 아빠의 모습으로 살고 있는데, 아내는 아들만 세 명인 것 같다며 아빠의 모습으로 살아 달라고 부탁 아닌 부탁을 한다. 자녀를 낳기 전까지 나에게 사랑은 어떤 대상을 좋아하거나 귀하게 여기는 마음을 가지는 것이었다. 내 상황과 환경이 허락하는 범위 내에서 배려와 섬김을 하는 거라고 생각했는데, 자녀를 낳고 보니 사랑에 대한 정의가 달라졌다.

신생아 때 2시간마다 수유해야 하는 엄마, 매일 밤 울며 잠투정을 부리는 아이를 달래는 아빠, 집 밖에서는 생업을 이어가며 집 안에서는 육아와 집안일을 하는 부모가 되어 보니 무척 고단했다.

이렇게 힘들고 피곤한 일상을 매일매일 견딜 힘은 일과를 마치고 집에 들어가면 아이가 "아빠!" 하고 웃으며 안길 때 느끼는 그 감정에서 나왔다. 그 순간 모든 힘듦과 피곤함이 눈 녹듯 사라지는 마법을 느꼈다. 부모가 자녀를 향한 사랑이 얼마나 위대한 일인지 그때 알게 되었다.

아이들은 엄마 아빠의 상황을 고려해 주지 않았다. 배고프면 밥을 달라고 울고, 기저귀를 갈아 달라고 울고, 안아 달라고 울고, 그냥 울고. 울면 끝이다. 조금 더 크면 가지고 싶은 걸 사 달라고, 먹고 싶은 걸 사 달라고, 필요하니까 사 달라고 할 게 뻔했다. 부모에게 맡긴 것도 아닌데 달라는 요청은 잘한다.

부모는 자녀를 사랑하기에 어떤 환경에 처해도 자녀를 위해 희생하며 양육한다. 내가 부모가 되어서 부모님의 입장에서 생각해 보았다. 부모님은 어떻게든 가정이 깨지는 것을 막고자 노력하셨다. 결국 가정이 깨졌지만, 엄마는 우리 두 형제를 잘 키우기 위해 밤낮으로 홀로 일하며 버티셨다. 비록 아버지는 술 중독으로 길에서 노숙하는 무능력한 형편이셨지만, 자식들이 굶어서 배가 고픈 것을 알고 길에서 구걸해서 겨우 따듯한 밥 한 그릇을 시켜 주셨다. 자신은 밥을 먹는 우리를 가만히 지켜만 보시던 아버지의 모습이 보였다.

나는 자녀를 낳기 전까지 부모님을 용서하지 못했고 무책임하다고 원망하며 살았다. 내 상처는 아물지 못했고, 나를 고통스럽게 했다. 내가 부모가 되어 보니 부모님을 용서할 수 있게 되었다. 사랑을 줘 보니 내가 받은 사랑이 보였다.

그제야 내 상처가 아물고 새살이 돋았다. 원망할 일이 아니라는 것, 원망만 해서 해결되는 일이 아니라는 것을 알게 되었다. 나의 아픈 기억이 아물지 않아서 고통스러웠지만, 내가 아빠가 되니까 부모님의 사랑이 보였다. 그 사랑을 느끼니 어릴 적 부모님이 우리에게 사랑을 주고자 하셨다는 것을 이해할 수 있었다.

그동안 사랑이라고 하면 나에게 먼저 줘야, 나도 줄 수 있다고 생각했다. 이런 생각이 바뀌고, 내가 먼저 사랑을 나눌 수 있어야 더 잘 느낄 수 있다는 걸 깨달았다. 내가 사랑을 줄 때, 내가 사랑을 느낄 때, 나의 마음속 상처가 회복되는 것을 느끼며, 이제는 새살이 차오른 흉터를 바라보면서 지금껏 잘 견뎌 왔다고 격려했다.

지금 우리 부부가 꾸린 가정도 위기가 많지만, 타인에게 마음으로나 육체적으로 상처를 입히지 않게 주의하며, 항상 행복한 가정을 만들자고 다짐한다. 서로 사랑하며 나의 유익을 구하지 않고 배려하고 섬기며 이해하고 용서하는 가정이 되고자 노력하는 중이다. 오늘도 내가 가진 사랑이라는 연고를 들고 상처가 아물지 않은 사람들에게 전하고 있다. 아픔과 상처가 많은 사회가 빠르게 아물어 새살이 돋길 바라며.

걱정을 나눌 동료가
있다는 건

✳

저마다 아픔과 상처가 존재한다. 불만은 끊임없이 생기고 실망과 낙심으로 마음의 병에 걸린 사람도 많다. 미디어에 중독된 사람이 많아지고, 흉흉한 뉴스를 심심치 않게 접한다. 자극적인 이야기 속에서 살아가는 아이들은 해야 할 것과 하지 말아야 할 것을 잘 구분하지 못하고 있다. 집에서 넷플릭스나 유튜브를 보는 게 문화처럼 자리 잡고, 전반적인 사회 분위기도 개인주의가 강해졌다.

이런 분위기 속에서 자라는 보육 시설의 아이들을 보면 종종 놀란다. 아이들은 자신의 또래와 어울리지 않았다. 내가 보육 시설에서 생활할 때는 또래가 함께 축구하며 노는 일이 흔했다. 또래가 아니더라도 보육 시설에는 아이가 많아서, 나이에 구애받지 않고 함께 어울리기도 했다.

우리 몽실은 자립준비청년이 모인 공동체다. 몽실의 멤버는 모두 같은 시설에서 자랐다. 친구 또는 선배 그리고 후배였던 사이다. 우리는 성인이 되어서 각자 사회생활을 하느라 자주 연락하지는 못했다. 바쁜 일상을 살아가던 어느 날, 오랜만에 친구들과 저녁 식사를 하게 되었다.

우리는 그동안 밀린 이야기를 하느라 시간이 가는 줄도 몰랐다. 그간 어떻게 지냈는지, 걱정거리는 없는지에 대해 대화했다. 한참 이야기를 나누다가 한 명이 제안했다. 이 모임을 주기적으로 가지는 게 어떻겠냐는 거였다. 이 순간이 너무 좋아서 모두 찬성했다. 또 다른 한 명이 말했다. 그렇다면 식사 모임보다 의미 있는 무언가를 위한 만남이 어떻겠냐고. 우리는 이 의견에 긍정했다.

그렇게 몽실은 자립 멘토링이라는 활동으로 시작되었다. 자립 멘토링은, 우리가 자란 보육 시설의 고등학생 후배들에게 먼저 자립을 한 우리가 선배로서 멘토가 되어 주자는 취지의 프로그램이었다. 우리도 사회에 나와서 자립할 때 많은 어려움이 있었으니, 후배들에게 조금이라도 도움이 되고 싶었다.

　몽실의 멤버 중 한 명은 사회복지사가 되어서 우리가 생활했던 보육 시설의 선생님이 되었다. 자립 전담 요원이라는 직책을 가지고 근무 중이라서, 몽실의 멘토링 프로그램은 순조롭게 진행되었다. 벌써 몽실을 시작한 지 4년이 지났다. '시간이 언제 이렇게 지났지?' 할 정도로 빠르게 지나간 것 같다. 그동안 네 명의 친구를 만나 멘토를 했고, 지금도 진행하고 있다.

　그리고 시설에 있는 초등학생, 중학생 친구들과 함께 나들이를 가는 너나들이 프로그램도 하고 있다. 이 프로그램을 시작한 지도 3년이 되었다. 너나들이 프로그램을 시작한 이유는 우리 멤버들이 어린 친구들과 오랜 시간 유대 관계를 맺으면 나중에 고등학생이 되어 자립 멘토링을 할 때 어려움이 덜하고 순조롭게 진행할 수 있지 않을까 하는 기대 때문이었다.

　그렇게 우리는 한 달에 한 번 토요일마다 프로그램을 진행한다. 한 달은 자립 멘토링을, 그다음 한 달은 너나들이 프로그램을, 이렇게 두 가지를 진행하며 시설에 있는 아이들과 시간을 보내고 있다.

　사실, 몽실이 전문성을 가지고 멘토 역할을 하는 건 아니다. 그저 먼저 자립한 선배로서 힘들거나 어려운 부분에 대해서 조언해 준다. 친구들이 퇴소하고 사회생활을 시작할 때 기댈 수 있는 버팀목이 돼 주고 싶은 마음이 동력이 된다. 과거의 나와 비슷한 친구들에게 도움을 줄 든든한 존재가 되는 것만이 우리 목표다. 그 시절, 우리에게 필요했던 따뜻한 어른이 돼 주고 싶다.

내 인생에 가치 있는
일이 생겼다

✳

어느 날 아침에 출근하면서 생각했다. 나는 왜 출근하고, 또 왜 돈을 벌어야 할까? 돈을 버는 것이 인생의 목적일까? 내가 가장으로 돈을 벌어 가정의 생계를 유지하기 위해서 태어난 걸까? 내가 어린 시절 가난했기에, 막연하게 가난에서 벗어나고 싶은 마음으로 돈을 버는 걸까? 스스로에게 질문하면서 단순히 먹고 살기 급급한 인생을 사는 게 아니라, 가치 있는 무언가를 해야 한다고 생각했다.

몽실에서 멘토링을 시작한 지 1년도 되지 않았을 때인데, 우리가 만나는 친구들을 돕고 싶은 마음이 시간이 지날수록 강해졌다. 이 친구들은 친동생이나 다름없었고 이제 곧 시설을 졸업해 사회로 나와서 자립해야 했다. 무엇을 어떻게 도울지 정하기도 전에 택배업을 정리하기로 마음먹었다.

계획형 인간이 못 되는 나는, 대뜸 아내에게 통보해 버렸다. 택배업을 정리하고 보육 시설에서 지내는 친구들을 돕고 싶다고. 가치 있는 일을 하고 싶다고. 아내는 시간을 가지고 준비해 나가면서 정리하라고 했지만, 나는 듣지 않았다. 사실 지금의 생각이 시간이 지날수록 흔들려서 영영 시도하지 못할 것만 같았다.

나는 일을 벌여야 움직이는 성격이라서, 이렇게 하지 않으면 못 할 것 같았다. 덜컥 큰 결정을 내리자, 마음이 복잡해져서 주변 사람에게 조언을 구했다.

"내가 보육 시설의 친구들을 위해 일하려고 해."

그러자 사람들의 조언은 비슷했다. 좋은 마음이지만 네가 누굴 도울 형편이냐고. 그리고 한 가정의 가장인데, 가정을 먼저 생각해야 하지 않느냐고. 지금 자리를 잡고 일도 잘하고 있는데, 왜 그런 무모한 일을 하느냐고. 많은 조언을 들었다. 그리고 결론은 택배업을 하면서 멘토링 활동을 해도 되지 않느냐는 거였다.

나는 듣지 않았다. 마음을 먹었으니, 잘해야 했다. 사실 근거 없는 자신감이 있었다. 뭐든 열심히 하면 된다는 자만이었다. 어쩌면 가정의 생계를 생각하지 않는 무책임한 결정일지도 몰랐다.

어쨌든 나는 결정했고 일을 진행했다. 사업자를 정리했고, 새로운 일을 시작하기 위해 준비했다. 지금 나는 몽실커피라는 카페에 일하고 있다. 당연히 택배를 그만두고 장사를 시작하기까지 고난의 연속이었다.

카페를 시작한 이유는 누군가를 만날 공간이 필요했는데, 가장 적합하다고 생각했다. 하지만 하나만 알고 둘은 몰랐다. 카페업이 얼마나 힘든 시장인지. 치열한 무한경쟁의 시장이며, 이제는 치킨 가게보다 널렸고 개업률과 폐업률이 가장 높은 업종이었다. 좋은 뜻으로 시작했지만, 장사는 좋은 마음으로만 되는 게 아니었다. 열심히 하는 것은 당연하고 잘해야 했다.

카페 영업 공간을 유지하기 위해서 끊임없이 배우고 노력했다. 소비자는 냉정하고 대기업의 브랜드 파워는 대단했다. 저가 커피 브랜드가 많은 시장에서 우리만의 색깔을 내는 건 쉽지 않았다. 경쟁력이 필요했다. 전문성도 필요했다.

카페 공간을 유지하기 힘든 상황이 되었다. '무슨 방법이 없을까?' '계속 해도 되는 일인가?' 많은 밤을 지새우며 고민했다. 고민할 때마다 카페에 시설 친구들이 놀러 왔고, 사회에 자립한 후배들이 찾아왔다. 명절에 갈 곳이 없는 친구들이 모여서 안부를 나누는 공간이기도 했다. 몽실 커피가 우리를 연결해 줬다.

　　우리는 만나서 안부를 물었다. 어떻게 사는지, 요즘 힘든 일은 없는지 소소한 담소를 나눴다. 그 시간이 행복하고 귀해서, '이걸 위해 힘들게 일해 왔구나' 했다. 경제가 어려워서 소비가 줄고 건물마다 카페가 넘치는 시장이지만 괜찮다. 우리는 가치 있는 일을 하고 있으니까. 앞으로 가치와 경제력을 다 잡을 수 있는 카페가 되기 위해 노력할 것이다. 가야 할 목표가 있으니까 휘청거려도 이 길을 묵묵히 걸어갈 것이다.

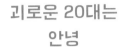

괴로운 20대는
안녕

✳

나는 아내와 같은 시설에서 만나 결혼까지 하게 되었다. 보육 시설 선생님을 비롯한 주변에서 우리를 향한 걱정이 많으셨다. 그럼에도 나와 아내는 걱정을 뒤로 한 채, 결혼에 성공했다. 한 가지 약속을 했다. 절대 가정을 깨지 말자는 거였다.

둘 다 온전하지 못한 가정에서 자랐지만, 자녀만큼은 우리처럼 자라지 않길 바랐다. 막상 살아 보니 주변 사람들이 걱정한 이유를 알 것 같았다. 결혼은 사랑하는 사람과 함께하는 거라 항상 행복할 거라고 생각했는데, 그 '함께한다'는 말에는 내가 알지 못하는 어려움이 존재했다.

수없이 많은 다툼이 있었다. 아직 내 마음이 넓지 못한 채로 다른 사람을 품을 순 없었다. 희생하고 섬기는 마음보단 받고자 하는 마음이 더 컸고, 이것이 문제의 원인이었다.

부모의 사랑을 많이 받고 자란 사람은 자녀에게 어떤 사랑을 줘야 하는지 알고 있다. 나는 어릴 적 아버지의 부재가 많았다. 당시 어머니와 살았고 중고등학생 시절엔 시설에서 생활했으니, 아버지와 이야기하거나 밥을 같이 먹은 기억조차 없다. 이 사실은 내가 자녀를 가져 보니 문제가 되었다.

아빠로서 돈만 벌면 의무를 다한 줄 알았다. 스스로 돈을 버는 기계라고 생각하고 직장과 집을 오갔다. 집에 도착하면 쉬기만 했다. 이것은 내가 자녀와 유대 관계를 맺길 원했던 아내와 다투는 이유가 됐다. 아빠로서 무엇을 해야 하는지 전혀 알지 못했다. 미숙한 아빠였다. 가장으로 희생과 섬김의 넓은 마음을 가져야 했지만, 준비되지 않은 아빠에게 어떤 이해심과 인내심이 있을 수 있을까.

20대를 즐기고 싶은 마음을 참고 열심히 일하는 것만으로도 가정에 최선을 다하고 있다고 생각했는데, 나의 자격지심이 다툼의 이유가 됐다. 지금은 나의 깨달음 덕분인지, 두 자녀, 그리고 아내와의 관계가 많이 회복되었다. 20

대 때 많은 괴로움과 어려움이 있었지만, 그 과정을 지나고 보니 내가 성장하는 계기가 되었다. 이제는 나름대로 좋은 아빠가 되고자 배우고 노력하면서 아이들과 관계도 좋아졌다. 아내를 배려하고 이해하는 마음을 더 가지려고 노력하니, 아내도 나의 마음을 알아주었다. 여전히 어렵고 힘들지만, 가정을 지키기로 했던 그날의 약속을 되새기며 살아간다.

인생은 한약처럼
쓰디쓴 잔향이
남는 것

사랑의 존재를 알아야 사랑이 필요한 다른 누군가에게 진심으로 나눠 줄 수 있게 된다. 그리고 나눔은 또 다른 채움을 얻게 한다. 나는 안다. 세상에 존재하는 사랑은 메마르지 않고 퍼져 나간다는 것을. 몽실 '식구'의 식 자는 밥 식, 쉴 식의 두 가지 의미를 내포한다. 함께 밥을 먹으며 편히 숨 쉬게 한다.

냉기가
나를 철들게 했다

✳

나는 어릴 때부터 비 오는 날을 좋아하지 않았다. 파란 하늘이 회색 구름으로 덮이는 게 싫었다. 꿉꿉한 바닥의 느낌도, 축축하게 젖는 신발의 느낌도 불편했다. 초등학교 3학년, 티 없이 맑은 하늘이 잇따른 어느 날이었다. 갑자기 언니가 아프기 시작했다. 밤이 되면 더욱 고통스러워했다. 아빠는 언니를 데리고 병원을 찾아다니셨고, 언니는 병원에서 처방해 준 많은 약을 먹고도 낫지 않아서 대학 병원에 입원했다.

하루, 이틀, 일주일 혼자 있는 시간이 늘어 갔다. 내 예상과 다르게 언니는 꽤 오래 병원에 있었다. 아빠는 늘 언니 곁을 지키셨고, 내가 아빠를 볼 수 있는 시간은 아빠가 집에 옷을 가지러 잠깐 들르는 순간이 다였다. 아빠는 밤이 되면 집으로 전화하셨다. 나는 그 전화를 애타게 기다렸다.

"따르릉따르릉."

전화 소리가 그렇게 반가울 수 없었다. 전화 통화를 할 때면 아빠는 할머니가 집에 계시는지 물었다. 나는 할머니가 자고 계신다고 거짓말했다. 술을 좋아하던 할머니는 자주 밖으로 나가셨다. 덕분에 혼자 잠드는 날이 허다했지만, 사실을 말하면 아빠가 할머니께 화내실 걸 알고 있었다.

여러 날이 지날수록 아빠와 통화하는 시간은 줄어들었다. 몇 분 되지도 않던 전화는 점차 안 올 때도 생겼다. 그렇게 혼자 있는 것이 익숙해질 무렵이었다. 유독 밤하늘이 어두운 날, 잠을 자려고 누웠는데 도통 잠이 오지 않았다. 한참을 뒤척이다가 겨우 잠들었는데 갑자기 "우르르 쾅쾅" 하는 천둥 번개가 나를 깨웠다. 창문 사이로 번쩍거리는 게 보였다. 무서움에 사로잡혀서 얼른 할머니의 방으로 달려갔다. 방엔 아무도 없었다. 큰 집에 나 혼자였다. 천둥 번개는 나를 잡아먹을 기세로 소리쳤다.

유달리 긴 밤이었다. 어둠 속에서 나를 지켜 주는 건

얇은 이불 하나가 다였다. 아침이 되자, 아무 일도 없었다는 듯이 맑은 하늘이 나타나고 아빠가 집으로 오셨다. 나는 아빠께 어젯밤에 왜 집에 오시지 않았냐고 물었다. 아빠는 언니가 아파서 올 수 없었다고 하셨다. 오랜만에 집으로 돌아오신 아빠는 나의 물음이 귀찮은 것 같았다.

"넌 아프지 않으니까 이해해야지."

나는 그 말에 울컥해서 차라리 내가 아프겠다고 맞받아쳤다. 아빠는 철없는 소리는 그만하라며 호통치셨다. 안 그래도 힘든데 나까지 보태지 말라고 하셨다. 아빠는 다시 짐을 챙겨서 병원으로 가셨다. 나는 아빠께 보고 싶었다고, 기다렸다는 말도 못 한 채 이제는 익숙한 뒷모습을 보았다.

며칠 후, 아빠가 처음으로 나를 데리고 병원으로 가셨다. 나는 오랜만에 언니를 만날 생각에 들떠 있었다. 기대감에 부푼 마음을 가지고 병원에 도착했다. 병실 문을 열고 들어가는 순간 쏟아져 나오려는 눈물을 붙잡아야 했다. 언니는 내가 아는 모습이 아니었다. 원래도 살이 없는 편이긴 했지만, 뼈밖에 남지 않은 모습이었다. 새하얀 미라가 누워 있는 것 같았다. 침대로 다가가 언니의 손을 붙잡

앉다. 살아 있는 사람의 온기라곤 찾아볼 수 없을 정도로 얼음장이었다. 작은 손엔 링거가 줄줄이 달려 있었다.

언닌 나를 보고 힘겨운 미소를 지었다. 언니의 미소를 본 나는 붙잡고 있던 눈물이 떨어질 것 같아서 화장실에 다녀오겠다며 재빨리 병실을 나왔다. 떨어지는 눈물을 손등으로 닦아 냈다. 아빠의 말씀이 맞았다. 차라리 내가 아프겠다는 건 철없는 소리였다.

병원에서 언니와 시간을 보낸 후 집으로 돌아왔다. 나의 손엔 얼음처럼 차가웠던 언니 손의 냉기가 생생하게 남아 있었다. 천둥 번개가 치던 밤과 언니의 아픔, 그리고 아빠의 부재가 꿈이 아닌 내 현실인 걸 깨달았다. 그 냉기는 나를 철들게 했다.

살아남기를 택한
아이

✻

나쁜 일은 서서히 오지 않는다. 태풍처럼 한 번에 몰아쳐 모든 것을 무너뜨린다.

초등학교 4, 5학년 때쯤 갑자기 가정 경제가 무너지기 시작했다. 집의 전기와 물이 끊겼고, 아빠는 우리를 보육 시설로 보내려고 하셨다. 우리는 아빠와 살겠다고 말했다. 버려지는 것이라고 생각했는지, 두려웠다.

우리는 아빠 곁에 남을 수 있었다. 집은 경매로 넘어갔다. 다행히 교회 집사님의 도움으로 작은 집을 구할 수 있었다. 거기서 아빠와 할머니, 언니와 나 이렇게 네 명이 살았다. 어려움이 몰아칠 때 인간은 본능적으로 초인적인 힘을 발휘한다. 아빠도 그러셨다. 하지만 얼마 가지 않았다.

자신의 환경이 이렇게 된 이유를 다른 사람에게 찾으셨고 알코올 중독에 이르렀다. 아빠의 폭력 수위는 낮아질 줄 모르고 계속 높아져 갔다. 할머니의 눈엔 시퍼런 멍이 생기고 사라지기를 반복했다. 아빠는 분노를 조절하지 못할 때마다 우리에게 화를 내셨다.

오락가락하는 아빠의 곁에서 3년이라는 시간을 버텼다. 그러다 중학교 1학년이 되었을 무렵, 사건이 터졌다. 나는 아빠의 술주정과 폭력을 견디다 못해 집을 나갔다. 뭐든 처음이 힘든 법, 한 번 나간 집을 두 번 나가는 것은 어렵지 않았다.

잦은 가출로 학교를 등교하지 않는 날이 많아졌다. 그런 나를 걱정한 담임 선생님께서 이유를 물어보셨다. 나는 집이 싫다고 대답했다. 담임 선생님은 나의 대답을 들은 후 상담 선생님을 연계해 주셨다. 상담 선생님께 내가 겪은 삶과 현재 상황을 이야기했다.

"우리 언니랑도 이야기해 주세요."

이야기가 끝난 후, 상담 선생님께 언니와도 상담해 달라고 요청했다. 집에 들어가지 않고 밖에서 방황하는 나와 달리, 술 냄새와 담배 냄새가 가득하고 폭력적인 아빠가 존재하는 곳에 있는 언니가 신경 쓰였다. 언니와 있어 주지 않고 혼자 도망친 것이 내심 미안했다.

상담 선생님은 우리의 이야기를 모두 듣고 나서 여러 방면으로 도울 방법을 찾아 주셨다. 가출하지 않아도 집에서 탈출할 방법이 생겼다. 언니와 나는 집에 계속 있을지, 아니면 보육 시설로 들어갈지 고민했다. 답은 생각보다 금방 내려졌다. 시설에 들어가기로 마음먹었다.

시설에 들어가기 위해서는 아빠의 동의가 필요했다. 보육 시설의 선생님이셨는지, 누구인지 기억은 나지 않지만, 사람들이 우리 집에 찾아와서 아빠의 동의를 구했다. 아빠는 찾아온 사람들에게 아이들이 가겠다고 한다면 보내겠다고 대답하셨다. 아빠는 우리가 집을 떠나기로 한 것을 모르고 계셨다. 자신을 떠날 것이라고는 조금도 예상하지 못하셨는지, 우리의 결정을 들으시고, 실망감인지 허탈함인지 모를 표정을 지으셨다.

사람들이 돌아간 후, 아빠는 누가 먼저 시설에 들어가겠다고 했는지 물으셨다. 나는 내가 먼저 이야기했다고 대답했다. 그렇게 우린 아빠의 곁을 떠나 살길을 찾았다. 우리가 떠난 후 아빠는 술을 마신 상태로 종종 시설에 찾아오셨다. 어느 날은 나에게 전화해서 세상의 모든 욕을 퍼부으셨다. 또 어느 날은 나에게 저주를 내리셨다.

"네가 우리 가족을 망가뜨렸어! 다 너 때문이야. 너만 아니면 이런 일도 일어나지 않았어. 너한테 아빠란 사람은 없어. 언니도 네 언니가 아니야. 넌 혼자야."

난 아빠의 저주를 고스란히 받아 냈다. 아니, 그 모든 말을 인정했다. 부정해 봤자 달라질 것은 없었다. 똑같은 상황이 온다고 해도 난 같은 결정을 했을 것이다. 힘든 상황이 올 때마다 꿈이길 바랐던 어린아이는 현실을 받아들였다. 아이는 살아남아야 했기에 살길을 택했다.

내가 선택한
천국과 지옥

＊

나는 예민한 아이였다. 조그만 변화를 받아들이는 데도 많은 시간이 필요했다. 그래서 보육 시설의 삶에 익숙해지는 데 오랜 시간이 걸릴 줄 알았는데, 원래 살던 곳인 것처럼 금방 적응했다.

신나고 즐거웠다. 그동안 집에서 겪어 보지 못한 챙김도 받았다. 매일 아침 혼자 일어나는 것이 아니라, 누군가 깨워 주고 밥을 챙겨 주었다. 공부를 잘하면 잘한다고 칭찬했다. 처음 받는 듯한 관심과 사랑이었다. '천국이 있다면 이런 곳일까?' 매주 교회에 가야 하는 것도, 저녁을 먹고 또래 아이들과 뛰어노는 것도, 몰래 새벽에 나와서 같은 시설에 사는 언니, 오빠와 만나는 것도 나에겐 신선한 행복이었다.

기쁨이 영원하면 좋을 텐데, 얼마 가지 않았다. 지금 생각하면 내가 왜 그랬는지 이해할 수 없지만, 그때 사춘기가 찾아온 것 같다. 보육 시설 선생님께서 주시던 관심은 부담으로 다가왔다. 부담감이라는 감정이 나를 뒤덮었다. 부정적인 생각이 몰아치고 나를 괴롭혔다. 제발 나를 혼자 내버려두라고 속으로 외치고 있었다.

천국이 지옥이 되는 건 한순간이었다. 중학교 3학년에서 고등학교 1학년으로 진학하는 시기에 나는 더 엇나가기 시작했다. 나는 나를 제어할 힘이 없었다. 집에 있을 때 잦았던 가출을 시설에서 똑같이 행했다. 그렇게 좋아하던 곳인데 들어가기 싫은 곳이 되었다. 학교를 등교하지 않고 밖에서 비행을 저지르며 경찰서도 들락날락하고 문제 행동을 반복했다. 나는 고등학교를 입학만 하고 등교하지 않았고, 결국 혼자서 시설을 나오게 되었다.

시설 밖은 자유가 존재하는 지옥이었다. 스스로 제어하지 못한 대가는 혹독했다. 자유를 얻기 위해서 책임도 져야 한다는 것을 시설에서 나오고 현실에 부딪혀 가며 배왔다. 10대의 마지막 3년을 밖에서 살아남기 위해 발버둥 치며 보냈다. 나를 지켜 줄 울타리 같은 건 어디에도 존재하지 않았다. 그렇게 어른이 되었다.

감정은 양날의 검과도 같다. 나를 살리는 길이 되기도 하지만, 어떤 때엔 나를 죽이는 길이 된다. 선택은 본인의 몫이다. 물론 어떤 선택이든 그 끝엔 배움을 얻는다. 다만 어떤 배움은 상처를 동반한다. 나는 스스로 천국을 선택하기도, 지옥을 선택하기도 했다.

이별은 상대방을
이해하게 한다

✳

살다 보면 누구나 이별을 경험한다. 이별은 내게도 어김없이 찾아왔다. 미성년자의 티를 벗으려고 애쓰며, 시설과 집에서 도망쳐 나와 20살이 된 나는 아빠와 연을 이어가고 싶지 않았다. 하지만 부모와 자식 간의 연은 생각보다 더 질겼고, 끊어 낼 수 없었다. 한두 달에 한 번 겨우 생사를 아는 정도만 연락하고 지내던 그해 겨울, 크리스마스를 이틀 앞두고 아빠와 이별을 맞이했다.

아빠는 타고나기를 건강하지 못하셨다. 약하게 태어난 몸에 어린 시절 겪은 사고가 더해져서 지체 장애를 가지게 되셨다. 몸이 불편한 것이 어린 아빠께 열등감을 주었던 것일까. 내 기억 속 아빠는 늘 알코올로 속을 소독하셨다.

마흔 중반, 아빠의 몸은 꾸준히 소독한 알코올로 여기저기 병들기 시작했다. 아픈 몸에 술을 꾸역꾸역 채워 넣더니 병원에 입원하고 퇴원하기를 반복하셨다. 결국 50세가 되기 전에 혼자서 거동할 수 없게 되셨다. 그런 아빠께 병원에서는 보호자가 없으면 입원할 수 없다고 말했다. 나는 아픈 사람을 집에 내버려둘 수 없었고, 간병인을 쓰기엔 돈이 없으므로 어쩔 수 없이 직접 병간호해야 했다.

입원실의 보호자 간이침대에서 간호하다가 출퇴근하는 나날을 보냈다. 옆에서 일도 하고 병간호도 한다고 아등바등하는 딸은 보이지도 않으시는지, 몸이 그렇게 아파서 입원했는데도 여전히 고집불통이셨다. 아픈 사람이 성격은 또 얼마나 예쁜지, 사람의 속을 긁는 데 도가 트셨다.

또 답답한 건 싫어하셔서, 하루에도 여러 번 옥상을 올라갔다 내려가기를 반복하셨다. 휠체어를 타고 혼자 올라가지도 못하면서 지금만 기회인 것처럼 나를 열심히 부려 먹으셨다. 부려 먹었으면 말이라도 잘 들어주시면 좋을 텐데… 먹으라는 밥은 잘 먹지도 않으시고 흡연만 하는 모습에 성질이 날 뻔한 걸 여러 번 참았다.

참으면 병이 난다고 했던가, 내 성질머리는 아빠의 딸

이라는 걸 증명이라도 하고 싶었는지 참고 참다 앓아눕고 말았다. 스트레스가 폭발하기 직전 밤낮으로 고열에 시달리다가 결국 같은 병원 응급실에 가게 되었다. 응급실을 다녀온 후 내가 자던 침대는 보호자 간이침대에서 환자 침대로 업그레이드되었다. 입원하게 되어서 더 이상 아빠의 병간호는 할 수 없었고, 어쩔 수 없이 간병인을 쓰게 되었다. 그렇게 꼬박 일주일을 병원에서 보냈다.

퇴원하는 날 수납을 완료하고 집에 가기 전 아빠의 병실에 들렀다. 아빠는 간병인이 불편하다고 이제 막 퇴원한 나에게 간병해 달라고 말하셨다.

"나도 좀 쉬자. 쉬고 올게."

나는 아빠에게 매정하게 말하고 곧장 집으로 돌아갔다. '며칠만 집에서 푹 자고 체력을 충전해서 다시 가야지'라고 생각했다. 그게 마지막이 될 거라곤 예상하지 못했다.

퇴원하고 집에 가니, 벌써 날이 저물었다. 나는 그동안 미뤄 둔 휴식을 취했다. 다음 날 아침, '병원에 가 볼까, 말까' 하고 고민했다. 가면 또 병간호해 달라고 칭얼대실 것 같아서 가지 않았다. 그날 밤, 모르는 번호로 자꾸 전화가 걸려 왔다. 처음엔 전화를 무시했다. 그런데 늦은 시간까지 지칠 줄 모르고 끈질기게 전화를 거는 통에 결국 전화를 받았다. 전화한 곳은 아빠가 입원해 계신 병원이었다.

수화기 너머 간호사의 다급한 목소리가 울려 퍼졌다.

"환자분이 숨을 쉬지 않아서 심폐 소생술을 하고 있는 데 돌아오지 않고 있어요. 지금 빨리 병원 응급실로 와 주세요."

나는 정신없이 병원으로 달려갔다. 내가 달려간다고 해서 상황이 바뀌는 건 하나도 없었다. 아빠는 그렇게 인사 한마디 남기지 않고 떠나셨다. 병간호해 달라고 하셨던 아빠의 마지막 말이 꽤 오랜 기간 내 마음을 아프게 했다. 1년간 죄책감에 시달렸다. 그 후 1년, 또 1년이 지나도 죄책감은 사라지지 않았다.

아빠를 떠나보내고 여러 해를 지나면서 이해하게 된 것이 있다. 아빠도 아빠가 처음이었다는 것이다. 그 누구보다 딸들을 사랑했지만, 표현하는 방법을 배우지 못했다는 것이다. 아빠도 마음의 근육이 약한 사람이라서 딸들에 대한 죄책감이 있었다는 것이다. 아빠도 누군가 옆에 있어 주길 바라는, 사랑받고 싶은 어린 나와 같았다.

이별은 상대방을 더 깊이 생각해 보게 한다. 나는 아빠를 깊이 생각해 보았다. 기억 속엔 세 명이 웃고 있는 모습도, 우는 모습도 있었다. 잘 살아가 보려고 노력하시는 모습도 있고, 술에 취해 행패 부리시는 모습도 있었다. 미안하다고 술주정 부리시는 모습도, 모든 탓을 남에게 돌리시는 모습도 있었다.

아빠와 나는 애증의 관계였다. 그 누구보다 사랑했고 그 누구보다 미워했다. 그 누구보다 사랑받고 싶은 존재였고, 그 누구보다도 내 곁을 떠나길 바라는 존재였다. 내가 아빠를 조금이라도 덜 미워했다면, 조금이라도 덜 사랑했다면 나는 아빠를 이해하지 못했을지도 모른다.

좋았던 기억도, 나빴던 기억도 이별을 통해 상대방에 대한 감정을 다시 한번 떠올리게 한다. 이별은 나에게 아빠를 이해하는 시간을 주었다. 강산도 변할 만큼의 시간이 지나도 아빠의 마지막 모습은 또렷이 기억하고 있다. 차갑게 식은 손의 서늘함은 잊히지 않는다. 어쩌면 죄책감을 하나도 덜어 내지 못했을지도 모른다. 다만 이젠 미워하지 않는다. 그렇게밖에 하실 수 없었던 어린아이와 같은 아빠를 진심으로 안아 주고 싶을 뿐이다.

나는 내 상처가
제일 아프다

✳

어떤 기억은 두고두고 나를 할퀸다. 나는 기억이 할퀴고 간 자리를 흉이 지도록 멍청하게 바라만 보고 있었다.

어릴 적 겪은 아빠의 폭력은 잊히지 않았다. 어린 언니 손의 냉기는 내 손에 고스란히 남았으며, 보육 시설을 퇴소하고 홀로 살기 위해 버텼던 3년의 시간으로 허리디스크가 생겼다. 힘들었던 기억은 미화되지 않았다. 행복한 기억이 많아져도, 어린 시절의 상처는 사라지지 않았다. 어쩌면 "과거는 과거일 뿐이에요"라는 말은 자신을 속이는 걸지도 모른다.

모두 나와 같지 않겠지만, 나는 괜찮지 않았다. '마음에 상처가 있는 게 어때서?', '아픔은 나의 잘못이 아니잖아?', '누구나 상처 하나쯤은 가지고 있지 않아?' 하는 말은 나를 위로하지 못했다. 나는 내 상처가 제일 아프다.

아프다는 걸 인정하기까지 모순된 시간을 보냈다. 아프지 않은 척, 괜찮은 척, 잘 사는 척, 행복한 척, 바쁜 척, 힘들지 않은 척. 척척박사도 아니고 무수히 많은 척으로 가면을 썼다. 실은 더는 상처받기 싫어서, 그 누구도 넘지 못하는 선을 긋고 단호하게 밀어냈다. 스스로를 고립시켰다.

어릴 때부터 학습된 사회적 가면은 삶을 살아가는 데 유용했다. 척척박사로 살아가는 데 도움이 됐다.

주기적으로 오는 번아웃과 우울은 어찌할 수 없는 나의 일부분이었다. 그러다 정말 살기 싫은 날이 찾아왔다. 잠을 잘 시간이 다가오면 내일은 제발 눈을 뜨지 않길 바랐다. 그러던 어느 날, 삶을 마감할 용기가 나에게 생길 것만 같았다.

나는 이 무서운 용기가 나를 해치지 못하게 하려고 밖으로 나왔다. 할 일을 만들었다. 친언니가 권유한 봉사 활동에 참여하며, 나를 가만히 놔두지 않았다. 잠을 잘 시간도 없게 만들었다. 생각할 틈을 조금도 주지 않았다.

그렇게 바쁜 삶이 나를 살렸다. 삶을 역동적으로 사니, 무서운 용기가 나에게 멀어졌다. 봉사 활동을 하면서 많은 아이를 만났다. 그 아이들의 아픔을 두 눈으로 마주하자, 내 아픔이 보이기 시작했다. 그제야 나를 들여다보았다. 내 안의 상처받은 어린아이를 발견했다.

이제는 척척박사 같은 건 하지 않는다. 나는 과거의 상처가 아직도 아프다. 타인의 상처와 비교할 것 없이, 나는 내 과거가 제일 아프다. 그래서 아픔을 외면하지 않고 열심히 치료해 주려고 한다.

얼마만큼 아픈지 가장 잘 아는 사람은 아픔을 직접 겪은 나니까. 어떻게 치료하는지를 물어본다면, 그건 아직 찾아가는 중이다. 우선 나를 충분히 이해하는 시간을 갖고 싶다. 내가 나를 공부하다 보면 훌륭한 의사는 되지 못하더라도 야매 의사 정도는 되어, 아픔을 보살필 수 있지 않을까 한다.

병을 통해
나를 배운다

✳

20살이 되어 첫 직장생활을 하게 되었을 때였다. 갑자기 찾아온 어지럼증으로 책상에 앉아 있기도 힘들어서 병가를 내고 동네 병원에 갔다. 별일 아닐 거라 생각했는데 검사를 하나씩 할 때마다 동네 병원에서 종합 병원, 종합 병원에서 대학 병원으로 옮겨야 했다.

마른 체형이지만, 20년을 살아오면서 크게 아픈 적 없이 잘 지내 오고 있었는데, 마지막으로 간 대학 병원에서 선천성 희귀 난치병을 진단받았다. 진단을 받고 난 후 무수히 많은 감정과 생각이 오고 갔다. 그중에 억울함이 가장 컸다.

이해가 되지 않는 현실에 "왜?"라는 질문을 수없이 했지만, 얻을 수 있는 답은 없었다. 태어날 때부터 가지고 있었던 걸 20년이라는 세월이 지나 알게 된 여파는 생각보다 크게 다가왔다. '병원에 가지 말걸', '차라리 모르면 좋았을 걸' 하고 생각했다. 그러나 시간은 되돌릴 수 없었다.

병을 알게 된 그날, 의사 선생님께서 매우 조심스럽게 꺼내신 말씀에 나는 좌절했다. 한 대 크게 얻어맞은 기분이었다. 의사 선생님은 나에게 결혼하기 힘들지도 모른다고 하셨다. 선천성 질병이 있다는 것, 유전 질환을 가지고 있다는 건 그럴 수밖에 없다고 하셨다.

고작 20살, 결혼이라는 걸 포기하기엔 이른 나이였다. 일찍 가정을 이룬 언니를 옆에서 보고 자라면서 나도 결혼해서 가정을 꾸리고 싶었다. 엄마가 되고 싶었다. 누군가의 아내가 되고 싶었다. 가정이라는 울타리를 가지고 싶었다. 가정에서 느끼는 행복을 느껴 보고 싶었다. 너무 가지고 싶었는데, 가질 수 없을지도 모른다는 말은 나를 좌절시키기 충분했다.

병을 가지고 살아가야 하는 내 삶을 한탄했다. 긴 시간 동안 땅굴을 팠다. 더 이상 팔 곳이 없어질 때까지 팠다. 이제 더 내려갈 곳도 없어서, 땅굴 파기를 그만뒀다. 이런다고 달라지는 건 없었다. 병을 받아들이기로 했다.

현실을 받아들인다는 건 생각보다 괜찮았다. 스스로 불쌍히 여기는 것을 그만뒀다. 운동을 시작했고, 건강을 챙기기 시작했다. 가만히 있지 않고 땀을 흘리면서 생각이 건강해졌고, 생각이 건강해지니 몸이 건강해졌다. 신기한 일이었다. 그렇게 내가 판 땅굴을 메워 갔다.

지금은 내가 병이 있어서 다행이라고 생각한다. 병이 없었더라면 과로사로 더 빨리 생을 마감했을지도 모르기 때문이다. 남들보다 뒤처지기 싫어하던 자존심 때문에 나는 늘 무언가를 열심히 했고, 열심히 해야 한다는 건 강박이 되었다.

강박은 일중독을 불러왔다. 한번 시작하면 멈추지 않고 다 해낼 때까지 잠도 자지 않았다. 일중독만으로 피로한데, 일이 끝나고 잠이 드는 그 짧은 틈도 불안해서 무언가를 했다. 몸이 피곤한지도 모르고 스포츠카처럼 질주했다. 그러다 한계에 다다라서 몸에 이상 신호가 왔고 그제야 무리하고 있다는 것을 느꼈다.

병은 나의 질주 속도를 늦췄다. 속도가 줄어들고 나서야 알았다. 과속해 봤자 빠르게 도착하는 곳은 천국일 뿐,

더 나은 나의 삶이 아니라는 것을. 병이 있다는 것은 내가 나를 한 번 더 챙길 여유를 준다. 스스로 챙길 줄 몰랐던 나는, 감사하게도 나를 챙기는 방법을 배웠다.

20살에 나타난 어지럼증은 나를 제어할 브레이크가 되었다. 의사 선생님께서 말씀해 주셨던 걱정은 지금도 가끔 생각난다. 그럴 때마다 "어쩌겠어. 이게 나인걸"이라고 생각하며 부정적인 것들을 맞받아친다. 나는 가정을 이루는 것을 포기하지 않았다. 그리고 가정을 이루리라 믿어 의심치 않는다. 가정을 통해 작은 천국을 누리길 소망한다. 병은 나의 소망을 꺾지 못했다. 오히려 나를 더 단단하게 만들었다.

몽실 식구

어린 날에 채워지지 않은 사랑은 어른이 되어도 어린아이처럼 사랑을 갈구하게 했다. 사랑을 채우기 위해 많은 방법을 동원해 봤지만, 깨진 항아리에 물을 붓는 것처럼 채워지지 않았다. 사랑의 존재를 볼 수 없던 때, 내가 살았던 보육 시설에서 봉사 활동을 하면서 같은 아픔을 가진 아이들을 만났다. 봉사 활동을 하면서 보육 시설에서 같이 살았던 이들로만 구성된 '몽실'이라는 공동체에 자연스레 속하게 되었다. 그렇게 몽실은 나의 식구가 되었다.

　어린 시절부터 적었던 식구는 자립을 시작하자, 더 적어졌다. 아예 없을 때도 허다했다. 타인의 반응을 민감하게 관찰하는, 일명 눈치라고도 불리는 행동이 유독 심했던 나는 다른 사람과 어울리는 것이 불편했다. 사람들을 만나면 눈치를 보느라 에너지를 많이 써야 해서, 곁을 내어 주지 않고 고립을 선택했다.

나는 선을 그어 놓고 그 안에 누군가를 잘 들이지 않았다. 그것이 고독할 때도 있었지만, 나의 에너지를 지키면서 내가 나로 온전히 있을 수 있는 방법이라고 생각했다. 고립 은둔형인 듯 아닌 듯 애매한 경계선 사이에서 살았다.

몽실은 내가 그어 놓은 선을 거리낌 없이 넘어왔다. 울타리 안으로 들일 생각을 한 적도 없는데. 보육 시설에서 같이 자랐다는 공통점 때문인지, 그때 그 시절을 그리워하며 자연스럽게 가까워졌다.

몽실에 속한 이들 중 친언니를 제외하고는 보육 시설을 퇴소하고 오랜 시간을 보지 않고 지냈다. 봉사 활동을 하면서 만남이 잦아졌고, 잦은 만남은 식사로 이어졌다. 반복되는 식사는 자연스럽게 몽실을 식구로 생각하게 만들었다.

몽실 식구는 식구(食口)의 밥 식(食) 자를 대신하여, 자식(子息)의 쉴 식(息) 자를 쓰고 싶은 모양이었다. 우리 집에 찾아와서는 "오늘 메뉴는 뭐야?"라고 당당하게 묻기도 하고, "이모"라며 너스레를 떨기도 했다. 적게는 두 명부터 네 명, 많으면 아홉 명 이상 모여서 거실에 자리를 잡고 밥을 먹었다. 나는 그 모습을 보면서 엄마의 마음을 느꼈다.

내가 차려 준 밥을 맛있게 먹는 모습을 보고 있으면, '다음에는 더 맛있게 해 줘야지' 했고, 밥을 하기 귀찮은 날에는 파업을 선언하기도 했다. 밥을 차려 주는 날보다 배달 음식을 시켜 먹는 날이 더 많은 것도 사실이다. 그럼에도 밥 먹는 얼굴을 보면 행복해져서, 나는 자처해서 집밥을 담당하기로 했다.

식구가 생기면서 일상의 사소한 행복을 찾았다. 함께 밥을 먹는 것, 고민을 나누는 것, 어려운 일이 생기면 도와주는 것, 시답잖은 농담에도 웃음이 나는 것, 서로를 위해 기도하는 것, 별일이 없어도 모이는 것, 사소하다면 사소한 소중한 시간이 채워졌다.

몽실과 함께 보육 시설의 아이들과 웃고 떠들며 다양한 경험을 했다. 그리고 아이들과 함께한 시간이 쌓여 갈수록 내가 사랑받고 있음을 깨달아 갔다. 늘 부족하게 느꼈던 사랑이 내 안에 가득히 존재한다는 것을 알게 됐다.

사랑의 존재를 알아야 사랑이 필요한 다른 누군가에게 진심으로 나눠 줄 수 있게 된다. 그리고 나눔은 또 다른 채움을 얻게 한다. 나는 안다. 세상에 존재하는 사랑은 메마르지 않고 퍼져 나간다는 것을. 몽실 '식구'의 식 자는 밥 식, 쉴 식의 두 가지 의미를 내포한다. 함께 밥을 먹으며 편히 숨 쉬게 한다.

인생은 한약처럼 쓰디쓴 잔향이 남는 것

아직 어리니깐,
다시 도전

결정을 못 내리고 있으니, 오빠는 "남들보다 잘나야 멘토 역할을 하는 게 아니야. 너만이 가진 특유의 밝음이 있어. 퇴소 후 자립하면서 겪은 시행착오를 들려주면, 앞으로 이 아이들이 겪을 어려움이 덜할 거야. 그게 큰 도움이 되지 않겠어?" 하며 독려해 주었다. 그렇게 나는 멘토의 일원이 되었다.

무서운 곳으로
왔다

✳

현재 24살, 17년 전 이야기를 해 보려고 한다. 어렸을 때 기억이 거의 없다시피 해서 내가 기억하는 과거는 17년 전인 7살 때부터다.

7살, 놀이터에서 친구들과 노는데, 원장님께서 한 남자 선생님과 와서는 어디로 가야 한다고 하셨다. 나는 그때 외출이 되지 않는 영유아 보육 시설에서 살고 있었기 때문에 밖으로 나간다고 하면 좋아했다. 당장 가야 한다는 말씀에, 친구들한테 해맑게 손을 흔들며 나중에 보자고 하고 남자 선생님의 차에 올라탔다.

내가 탄 차는 시설을 벗어났다. 가는 길에 선생님께

"저 지금 어디로 가요?"라고 물으니, 지금 있는 곳보다 더 크고 넓은 곳으로 가고 있다고 하셨다. 그때까지도 몰랐다. 놀이터에서 함께 놀던 친구들에게 했던 인사가 마지막이 될지…. 그렇게 나는 새로운 시설에 도착했다.

남자 선생님께서 앞으로 엄마라고 불러야 하는 생활지도원 선생님께 인사를 시키곤 바깥을 구경해 보라고 하셨다. 이렇게 넓은 곳은 처음 봤다. 벽화가 그려져 있고, 화단에 꽃이 많고, 건물도 무척 컸다. 이쪽저쪽 구경하던 중, 초등학교 수업을 마치고 돌아오는 언니들을 발견했다. 그중 어떤 언니가 나를 보자마자 했던 첫 마디가 "이 폭탄 머리는 뭐야"였다. 그때 내 머리는 아줌마 파마인 곱슬머리였다.

옆에 있던 엄마는 그 언니에게 "새로 들어온 애다. 1살 동생이니까 잘 지내라" 하고는 앞으로 생활할 반으로 나를 안내해 주셨다. 나는 새로운 환경에, 새로운 사람들을 만나서 설레고 행복했다. 이 행복도 잠시, 저녁이 되자 같은 생활실에 있던 이름도, 나이도 기억나지 않는 언니가 두 번째 방으로 집합하라고 했다.

나는 집합이라는 단어를 몰라서 TV 앞에서 엄마가 쪄준 감자를 먹었다. 두 번째 방에 있던 언니는 갑자기 소리를 지르며 "TV 보고 있는 애는 뭔데 안 오냐"라고 했고, 나는 그제야 상황 파악을 해서 감자를 내버려두고 얼른 방으로 갔다.

소리를 지른 언니는 손에 빗자루를 쥐고 있었다. 그 언니를 제외하고는 눈치를 보거나 이미 울고 있었다. 나는 처음 보는 언니에게 이유 없이 맞아야 했다. 맞으면서 어렴풋이 들은 얘기는 학교에서 안 좋은 일이 있었다는 거였다.

얼마큼 시간이 흘렀을까. 저녁 7시, 엄마는 공부할 시간이 되었는데, 거실에 한 사람도 보이지 않아서 방문을 열어 보며 우리를 찾으셨다. 찾는 소리가 들리니, 언니는 침대 밑으로 빗자루를 숨기고 우리에게 웃으라고 했다. 그때 느꼈다. 여기는 무서운 곳이구나. 다른 언니는 울면서도 억지웃음을 짓고 있었다.

엄마가 방문을 열어 보고는 "아, 너희들 여기 있었나? 이제 공부 시간이니까 공부할 거 챙겨서 거실로 나온나"라고 하셨다. 그때 엄마는 언니들이 울고 나도 울고 있는 것을 분명 봤을 텐데 모르는 척하셨다. 원망스러웠다. 엄마가 바로 막아 주셨다면 폭력이 여기서 멈추지 않았을까. 엄마가 방문을 닫고 나가시자, 언니들은 다시 일렬로 서서 손을 공손히 모으고 시선은 바닥을 향했다. 그렇게 왕언니의 눈치를 보며 짧은 유치원 생활도 끝마쳤다.

나는 아는 언니,
오빠가 많아

�֎

유치원생은 시설 안에서만 놀 수 있게 제한되어 있지만, 초등학생이 되니 문방구, 분식집, 편의점, 학교 운동장 등 활동 반경이 넓어졌다. 학교를 매일 가고 싶을 정도로 초등학교가 좋았다. 그중 가장 좋았던 것은 초등학교에 가도 시설에서 함께 지내는 언니, 오빠를 볼 수 있다는 거였다.

친구들은 어떻게 고학년 언니, 오빠를 아냐고 신기해했다. 그때까지 보육 시설의 개념을 몰라서 같은 집에서 산다고 자랑하고 다녔다. 친구들은 이런 나를 부러워했다. 우쭐대며 같은 시설에 사는 얼굴만 아는 언니에게 일부러 더 친한 척하며 이름을 불러 댔다.

그날 오후, 그 언니는 저학년 애들을 집합시키곤 "학교에서 아는 척하면 죽여 버린다"라고 소리를 질렀다. 지금은 죽인다는 말이 그토록 무섭게 느껴지지 않지만, 어렸을 때 들은 그 단어는 나에게 너무 무서웠다. 고학년이 되어 보니 그 언니가 왜 학교에서 어린 동생들이 아는 척하는 것을 싫어하는지 이해할 수 있었다.

초등학교에 등교하던 어느 날, 시설 근처에 살던 언니가 나를 꼬맹이라고 놀리며 도망쳤다. 그 언니를 잡아야겠다는 생각으로 온 힘을 다해 뛰었다. 내리막길로 달리기 시작하니 가속이 붙어서 횡단보도 앞까지 달리기를 멈추지 못했다. 결국, 달리는 차와 크게 부딪쳤고, 병원에 입원했다.

병원에 입원하고 보니 일기를 안 써도 된다는 사실이 제일 기뻤고, 병원에 같이 있는 아줌마가 잘 챙겨 주셔서 좋았다. 오랜 병원 생활이 지루해질 때쯤 의사 선생님께서 퇴원시켜 주셨다. 퇴원할 때 다리 보호대를 빼지 말고 꼭 착용하라고 시설 선생님께서 신신당부하셨는데, 또래 친구들과 술래잡기하며 놀 때 보호대가 불편해서 빼고 놀았다.

한창 노는데 시설 선생님께서 나를 부르셨다. 재밌게 노는 나를 부르기에, 영문도 모른 채 기분이 안 좋은 상태로 선생님께 갔다. 선생님은 왜 보호대를 뺐는지 물어보셨다. 나는 노는데 불편해서 뺐다고 명확하게 대답했다. 그 선생님껜 이것이 말대답으로 들렸다. 그러자 선생님은 나를 꼬집고, 회초리로 때리기 시작하셨다. 그리고 잘못했다고 생각하지 않느냐며 물으셨다.

뭐가 잘못된 행동인지 이해가 되지 않았다. 선생님께서 물어보신 것에 내 생각을 대답한 것인데, 이렇게 체벌받아야 하나 싶은 생각이 들었다. 또한, 어린 마음에 무섭고 서러웠다. 죄송하다는 말이 쉽게 나오지 않았다. 겨드랑이에 멍이 선명하게 들고 나서야 선생님은 "잘못했다고 하면 끝날 일을 왜 이렇게 고집을 부리냐"라고 하며 보내 주셨다. 분했다. 내가 할 수 있는 한마디가 '잘못했다'라는 게.

한창 놀고 싶은
나이

✳

초등학교를 졸업하고 중학생이 되었다. 하루는 같은 중학
교에 다니던 언니가 대뜸 학교에 가지 말고 밖에서 놀자고
꼬셨다. 언니의 그 말이 왜 이렇게 달던지, 엄마한테는 평
소처럼 "학교 다녀오겠습니다" 하고는 밑에서 기다리는
언니에게 뛰어갔다. 가서 보니, 나 말고도 이 거사에 동참
할 언니가 여럿 있었다.

우린 학교랑 정반대인 곳으로 향했다. 나는 언니들이
빌려준 화장품으로 화장하고, 언니들은 수중에 있는 돈을
모아서 구멍가게에서 먹을 것을 사 왔다. 수중에 있던 돈
에 비해서 먹을 것이 많아서 어떻게 구했냐고 물었다.

언니는 웃으면서 "훔쳤지" 했다. 훔쳤다는 말에 먹기가 꺼려졌으나, 배가 고파서 두려움에 떨면서 함께 먹었다. 먹는 내내 들키면 어떡하지, 언니들한테 자백하러 가자고 말해야 하나 속으로 생각했지만, 입 밖으로 내뱉을 용기는 없었다. 어느 순간 담배도 훔쳐 와서 내 앞에서 피웠다. 담배를 처음 피운 큰 언니는 동생들 앞에서 허세를 부리며, 나에게도 피워 보지 않겠냐고 물었다. 나는 어린 마음에 그 모습이 멋있어 보였다.

일탈을 끝내고 하교 시간에 맞춰서 집으로 들어갔다. 혹시나 학교에 안 간 게 걸리면 어떻게 될지, 잔뜩 긴장하며 방에 들어갔는데 엄마는 내 결석 소식을 듣지 못하고 평소처럼 대하셨다.

다음 날 학교에 도착하니 역시나 담임 선생님께서 나를 교무실로 부르셨다. 교무실 구석에서 경위서를 쓰고 있는 언니들을 발견했다. 나도 뒤늦게 합류해서 경위서를 썼는데 단순 결석이 절도와 흡연까지 연루되면서 선도위원회로 이어졌다.

언니들은 흡연, 절도를 제외한 이야기를 적었지만, 내가 그 얘기를 쓰면서 우리의 만행이 드러났다. 선도위원회가 끝나니 각 층에 결과 대자보가 대문짝만하게 붙어 있었다. 그날, 나는 같은 반 친구들은 물론 같은 동아리 친구들에게 비행 청소년으로 낙인찍혔다. 친구들은 나를 무서워했다. 지금 생각해 보면 나를 다잡아 주는 어른이 없어서, 안 좋은 일에 쉽게 휘말렸던 것 같다. 나는 자연스럽게 평범함과 멀어졌다.

내가 하고 싶은 일은
뭘까?

✳

고등학교 3학년이 되자, 진학 관련하여 담임 선생님께서
나에게 물으셨다.

"넌 어떤 것을 할 때 가장 재밌고 행복했니?"

아무리 생각해 봐도 없었다. 나는 하고 싶은 것도, 잘
하는 것도 없었다. 어렸을 때부터 계속 타인의 눈치를 보
며 살았고, 나름 잘한다고 생각하던 것도 더 잘하는 친구
들이 있었다. 내가 가진 재능은 평범해 보였다.

그러다 문득 우리 시설에서 퇴소하고 시설의 사회복지
사 선생님으로 일하는 오빠가 생각났다. 학교를 마치자마
자 사무실로 찾아가 사회복지사에 대해 오빠에게 물어봤

다. 사회복지사의 업무를 듣다 보니 제법 흥미가 생겼다. 나와 잘 맞을 것 같았다. 담임 선생님께 사회복지과가 있는 학교로 보내 달라고 했다.

친구들이랑 놀려면 돈이 넉넉하게 있어야 하는데, 항상 부족했기에 나는 고등학교 3학년 때부터 아르바이트하기 시작했다. 한 음식점에서 일했는데, 꼼꼼하지 못한 성격 때문에 사장님께 자주 혼났다. 그래도 센스와 순발력이 좋았고, 특유의 밝은 성격을 발휘해서 사장님을 비롯하여 손님들께도 칭찬받았다.

가끔 손님들은 사장님께 내가 딸이냐고 물으셨다. 아르바이트생이라고 하면 "일을 너무 열심히 해서 딸인 줄 알았다"라고 하셨는데, 기분이 좋았다. 밖에서도 지나가다가 나를 보고는 "음식점 아르바이트생! 이 동네에 살아?"라며 용돈이나 먹을 것을 주셨다. 이럴 때마다 활력이 돋아서, 나는 사람을 만나는 게 천직이구나 싶었다.

고등학교를 졸업하면 시설에서 퇴소해야 했다. 학창시절의 마지막 겨울방학을 이용하여 혼자 살 집을 구하려고 부동산 이곳저곳을 다니며 알아봤다. 일전에 언니들이 퇴소할 때도 함께 집을 보러 다녀서, 나는 다른 친구에 비해 집을 수월하게 구할 수 있었다.

나는 시설에서 하루빨리 퇴소하고 자립하고 싶었다. 그동안 내가 친구들의 집에 자주 놀러 가는 것처럼, 친구들도 우리 집에서 놀길 원할 때 난감했다. 시설은 친구들이 사는 집이랑은 많이 다르다는 걸 알고 있었기 때문에, 집이 생기면 꼭 친구들을 초대하고 싶었다. 그리고 시설에서는 단체생활을 해야 해서 규율이 존재했고, 그로 인해 불편한 점이 한둘이 아니었다. 이런 점을 생각할 때마다 얼른 독립하고 싶었다.

드디어 퇴소하는 날이 되었다. 나는 시설에 살던 기억을 버리고 싶어서, 사용하던 물건까지 다 버렸다. 그래서 퇴소할 때의 짐은 겨우 두 박스가 전부였다. 우리 집은 퇴소한 선배나 친구들에 비해 잘 구했다고 할 정도로 신축이었다.

퇴소 후 나 혼자만의 공간이 생긴 만큼 하고 싶던 것도 다 하고, 사고 싶던 것도 다 사서 내 취향대로 집을 꾸몄다. 친구들을 수시로 초대해서 거의 매일 집들이 겸 술 파티를 벌였다. 가끔 이웃에게 혼나기도 했지만, 지금의 즐거움을 만끽했다.

자취한 지 한 달쯤 지났을까. 오랜만에 시설에서 일하

는 오빠를 만나 이런저런 얘기를 했다. 나는 바라던 자취를 시작하게 돼서 행복하다고 말했다. 오빠는 퇴소 직후 혼자 살 때 눈물이 나왔다고 했다.

바늘로 찔러도 눈물 한 방울 안 나올 것 같은 오빠가 그 말을 하니 어이가 없는 동시에 너무 웃겨서 박장대소를 해댔다. 왜 눈물이 나왔는지 물으니 늘 누군가와 생활하다가 처음 혼자가 되어서 외로웠다고 했다. 나는 이해되지 않았다.

혼자가 됐으면 좋은 게 아닌가? 이젠 시설 선생님과 엄마들의 지겨운 잔소리와 간섭도 없으니까. 혼자만의 공간에서 자유를 누리는 게 행복하기만 했다. 문득 나의 지금을 돌아봤다. 항상 친구들과 만나서 술을 마시고, 연애도 끊임없이 하는 현재의 모습이 새삼스럽게 보였다. 자는 시간만 빼고 대부분 다른 사람과 함께 있었다. 나의 외로움을 은연중에 이것으로 메우고 있던 건 아닐까? 어쩌면 이 외로움이 싫어서 사회복지사가 되고 싶다고 생각했는지도 모르겠다. 다양한 사람을 만나면서 서로가 외롭지 않게 보듬는 것이 나의 꿈이다.

부족함이 없어 보이고
싶은 마음

✳

돈의 사전적 의미는 사물의 가치를 나타내며, 상품으로 교환하기 위한 매개다. 재산 축적을 위한 물건을 뜻한다. 겨우 숫자에 불과한 것이지만, 난 항상 여기에 목매며 살아왔고 앞으로도 그럴 것 같다.

돈은 때로는 사람을 비참하게 하고, 때로는 권력을 준다. 나에게 돈은 비참하게 만드는 요소였다. 왜 이렇게까지 돈에 집착하며 사느냐고 묻는다면, 내면의 부족함이 겉으로 보이지 않길 바라는 마음이 컸다.

돈으로 나를 방어하고 싶은 마음인 것 같다. 주변 사람들에게 보육 시설 출신이라고 말하면 동정하기 일쑤다. 하지만 그것이 내 잘못인가? 또는 동정받을 일일까? 보육 시설을 내가 원해서 온 것도 아닌데, 항상 사람들은 나를 안타깝게 쳐다보았고, 동정의 눈빛을 보냈다.

그것이 내 자존심을 짓밟았다. 하지만 나의 출신을 밝히지 않으면, 사람들은 사랑을 많이 받고 자란 아이로 본다. 이렇게 내가 밝고, 부족함이 없는 것처럼 굴면 사람들이 나를 '사랑 가득한 부모님 밑에서 자란 아이로 봐주겠지?' 하고 연기했다.

'부모의 부재로 인해 조금이라도 부족해 보이거나, 얕보이면 안 된다' 하는 신념이 생겼다. 이렇게 독한 마음을 먹으니, 점점 돈에 집착하게 되었다. 어렸을 때부터 금전적으로 다른 친구들에 비해 부족하게 살아왔다. 흔히 말하는 용돈도 정부에서 지원해 주는 교통비뿐이었다. 심지어 이 교통비 또한 최소 거리로 측정했을 때의 평균값을 지원해 주었고, 지출을 메우기 위해서 번번이 내 통장에서 돈을 뽑아서 써야 했다.

친구들과 놀러 가기엔 늘 돈이 부족했다. 상반기, 하반기마다 매년 의류비를 지원해 주었지만 사고 싶은 옷은 항상 비싼 법···. 입을 옷은 없고, 지원해 주는 비용은 부족해서 추가로 인출하며 매년 옷을 사곤 했다. 그렇게 고정 지출은 늘어갔다.

　초등학생일 때, 시설에서 선생님의 말씀을 잘 듣는 아이에게 후원자님을 연계해 주었다. 당시 원장님의 눈에 내가 들어왔고, 지금의 후원자님과 연계되었다. 후원자님은 나에게 부족함 없이 지원해 주는 든든한 보호자셨다.

　어느 날, 후원자님 댁에 휴가로 놀러 가게 되었다. 즐겁게 휴가를 보내고 시설로 복귀해야 했다. 시설로 돌아가기 전, 나는 당연한 것처럼 용돈을 달라고 하였다. 그리고 전에 받던 금액보다 더 받길 원했다. 후원자님은 5천 원을 건네주셨고, 친구들과 밥을 먹으라고 하셨다. 나는 짜증을 냈다.

　"요즘 편의점에서도 한 끼 때우는 데, 5천 원은 드는데 이걸로 어떻게 친구들이랑 밥을 먹어?"

　그렇게 후원자님께 잔뜩 화내고 집으로 돌아가는 길에 친구들에게 전화해서 투정을 부렸다. 친구들은 나를 달래기 위해 편을 들어주었고, 덕분에 기분이 누그러들었다. 곧장 시설에 도착해서 후원자님께 사과드렸다.

　고등학생이 되자 더 많은 돈이 필요했다. 내게 주어진 돈이 부족해서, 앞으로 이 각박한 세상을 어떻게 헤쳐 나갈 수 있을지 고민하게 됐다. 같은 동아리에서 활동하는 언니에게 나의 고민을 전했다. 그 언니는 주말이 되면 고 깃집에서 홀서빙을 하고 있었다. 언니가 나에게 함께 가서 일하지 않겠냐고 물었다. 때마침 나도 할 일이 없어서 따라가겠다고 했다.

근데 이게 웬걸? 생각보다 일이 적성에 맞았다. 조금 이상한 손님도 있었지만, 나름대로 유연하게 대처하는 법 도 배웠다. 게다가 내가 일을 잘했는지, 매니저님께서 다 음 날 또 와줬으면 좋겠다며 5만 원을 쥐여 주셨다. 내 힘 으로 번 첫 용돈이었다.

이렇게 돈을 버는 것에 눈을 떴고, 시설에 계신 엄마께 "엄마, 우리도 아르바이트해도 돼요? 찾아보니까 미성년 자를 고용하려면 보호자 동의서가 필요하던데"라고 했다. 엄마는 확인하고 말해 주겠다고 하셨다. 그렇게 허락을 받 고 첫 직장으로 갈비탕 집에서 일하게 되었다.

하는 일이라곤 반찬을 푸고, 주문한 음식이 나오면 손 님의 테이블에 가져다드리는 거였다. 말만 들으면 쉬워 보 였지만, 반찬을 적정량 푸는 것도 어렵고, 그 뜨거운 뚝배 기를 손님께 가져다드리는 것도 만만치 않았다. 결국 첫날 부터 뚝배기에 손을 데어 자그마한 화상을 입게 되었고,

매니저님은 4대 보험을 들지 않아서 병원비는 지원이 어려울 거 같다고 하셨다. 처음으로 세상의 쓴맛을 보았다.

그렇게 시설로 돌아가는 길에 약국에 들러 화상약과 밴드 등 이것저것을 샀다. 그리고 출근하는 날이 또 다가왔고, 뚝배기를 보기만 해도 두려운 마음이 들었다. '저 뜨거운 것이 또 나를 덮치면 어떡하지' 하는 불안감이 쌓여 음식이 나올 때면 시키지도 않았는데 생수통에 물을 채우거나, 손님을 응시하며 혹시라도 부를 거 같으면 잽싸게 달려갔다. 나는 뜨거운 뚝배기를 최대한 안 옮기려고 꼼수를 부렸다. 하루는 많은 인원이 우리 음식점을 찾았고, 정신없이 바빴다. 그때도 꼼수를 부렸지만, 결국 매니저님께 걸리고 말았다.

왜 그렇게 했냐고 물으셨고, "저번에 한 번 데어서 또 그럴까 봐 무서워서 계속 피했어요. 죄송합니다"라고 했다. 매니저님은 아무리 무서워도 바쁠 때 이렇게 피해 다니면 아르바이트생을 왜 뽑냐며 나를 나무라셨다. 돈을 버는 건 쉽지 않았다. 일을 하기로 계약된 시간 동안 나의 감정은 뒷전이었다. 이날, 나는 돈의 무서움을 어렴풋이 느꼈다. 어른이 되면 더 자주 이런 감정을 느껴야 하는 걸까?

이후에도 음식점, 피시방 등 다양한 아르바이트를 했

다. 아르바이트를 그만두면 친구들과 모아 둔 돈으로 놀고, 돈이 부족하면 다시 아르바이트하며 생계를 유지했다. 한 곳은 내가 2년 동안 일하기도 했다. 그렇게 19살 때부터 23살까지 아르바이트를 했다. 24살이 된 지금 나는 자활센터라는 곳에서 적지 않는 돈으로 사무보조 업무를 하고 있다. 나는 이곳에서 한참 어린 막내지만, 함께 근무하는 선생님들은 나를 필요해하신다. 나는 이 업무가 마음에 든다.

'아르바이트하면 가만히 있으면 안 된다', '뭐 하나라도 더 닦고, 움직여라'라는 사장님의 말씀이 몸에 배어 쉬지 않고 선생님들을 찾아가면서 일을 달라고 한다. 함께 일하는 사람들은 나에게 조금씩 쉬어도 된다고 하지만 적응이 되지 않아서 자꾸만 일을 찾았다. 쉬면서 눈치를 보는 것보다 계속 일하고 퇴근 시간에 맞춰서 끝내는 것이 마음 편했다. 지금은 수급자를 유지한 채로 일을 하고 있지만, 언젠가는 수급을 받지 않고도 돈을 많이 벌고 싶다. 더 멋있고, 의젓한 어른이 되고 싶다.

새로운 시작,
멘토링

✴

무기력하게 보내던 어느 날, 시설에서 일하는 자립지원요원 오빠가 찾아왔다. 시설을 퇴소한 선배들이 자립을 앞둔 후배를 대상으로 멘토링 활동을 하고 있다고 했다. 그리고 활동할 때 사진을 찍어 줄 사람이 필요해서 도와줄 수 있는지 물었다.

나는 때마침 무얼 하며 지낼지 고민하고 있었다. 이 활동을 하면서 나를 다시 알아 가면 좋겠다는 생각으로 멘토링 프로그램에 동참하게 되었다. 프로그램에 참여하기로 한 첫날, 오랜만에 내가 살던 시설에 들어가 보니 함께 지내던 동생들이 어느새 훌쩍 커 있었고, 새로 입소한 친구도 많았다.

멘토링 프로그램에서 멘토로 참여하는 언니 오빠를 오랜만에 만나서 반가웠다. 내 역할은 고등학생 멘토링 프로그램과 초·중학생의 문화 체험 활동 때 동행하여 사진을 찍어 주는 거였다. 활동에 참여해 보니, 내가 시설에서 지낼 때 하지 못한 것을 지금의 아이들이 하고 있어서 한편으론 부러웠다. 나도 지금 이곳에 살았으면 사랑받고 자랐을까?

아이들과 친해지자, 점차 사진사 역할은 망각한 채 함께 즐기고 있었다. 1년을 함께하고 나니 자립전담요원 오빠는 나에게 막중한 역할을 줬다. 바로 고등학생의 멘토 역할이었다. 나는 우리 멤버 중 가장 막내였다. 자립한 지 겨우 3년밖에 되지 않았는데, 내가 멘토라니. '나도 아직 부족하고, 배워야 하는 처지인데. 내가 이 친구들에게 도움을 줄 수 있을까?' 하는 생각이 들면서 부담스러웠다.

쉽게 결정을 못 내리고 있으니, 오빠는 "남들보다 잘나야 멘토 역할을 하는 게 아니야. 너만이 가진 특유의 밝음이 있어. 퇴소 후 자립하면서 겪은 시행착오를 들려주면, 앞으로 이 아이들이 겪을 어려움이 덜할 거야. 그게 큰 도움이 되지 않겠어?" 하며 독려해 주었다. 그렇게 나는 멘토의 일원이 되었다.

후배는 장난으로 누나는 멘토가 아니라 멘티라고 하면서도 잘 따랐다. 아이들은 궁금한 게 있으면 나에게 언제든지 편하게 물어보았다. 나는 멘티 친구들과 같이 생활해 왔기에, 편해서 장난도 많이 치며 즐거운 활동을 이어 나갔다.

멘토링 활동에 참여 중인 다른 멘토 언니는 어떻게 후배들과 공감대 형성을 해야 할지 모르겠다며 어려워했다. 그래서 내가 가진 나름의 요령을 알려 주었다. 예를 들어, 요즘 유행하는 용어를 알아 와서 친구들하고 대화를 이어 나가거나, 그 친구가 좋아하는 취미를 같이 해 주는 것 등이 있었다. 언니에게 알려 줬지만, 여전히 어려운지 난감해했다.

우리는 후배를 도운 지 어느덧 4년 차에 접어들었다. 연차가 쌓인 만큼 경험과 노하우도 쌓이고 지금은 내가 알고 있는 지식을 통틀어 최선을 다해 도움을 주고자 노력하고 있다. 멘토링 활동은 일방적으로 도움을 주는 일은 아니었다. 나 역시 이곳에서 새롭고 다양한 경험을 하면서 그동안 못 해봤던 일도 함께할 수 있었고, 알고 있던 지식은 더 자세히 알게 되어 좋았다.

가끔 철없는 마음으로, 나도 이 아이들처럼 곁에서 다정하게 도와주는 어른이 있으면 좋겠다는 생각도 했다. 함께 시설에서 살던 친구 또는 몽실 멤버를 만나면 묻곤 했다.

"과거로 돌아갈 수 있다면 돌아갈 거야?"

모두의 대답은 '아니'였다. 이런 어른과 함께했다면 다른 추억이 생겼겠지만, 돌아가기엔 지금 생긴 소중한 것이 많았다. 과거는 과거대로 묻어 두는 것이 가장 아름답다. 멀리서 보면 희극, 가까이서 보면 비극이다. 지나간 일은 지나간 대로 묻어 두는 것. 그리운 과거가 아닌 그리운 추억으로.

내가 가진 재능은
'노력'

✳

초등학생 대부분의 장래 희망은 선생님, 대통령이었다. 나는 어렸을 때 보육 시설에 사는 또래에 비해 머리가 비상했다. 선생님께서는 하나를 가르쳐 주면 열을 아는 친구라면서 칭찬을 아끼지 않으셨다. 덕분에 나는 내가 잘났다고 생각했다.

초등학생 때 처음으로 100점을 받은 날, 엄마는 엄청나게 기뻐하면서 다른 반 선생님들께 자랑하셨다. 또래 친구들한테 시샘도 받았다.

엄마는 나에게 분명 너의 부모님은 젊은 분일 것이라며 나를 희망 고문했고, 나 또한 그 얘기에 부모님을 상상하면서 행복해했다. '언젠간 나를 찾으러 오시겠지?' 하는 마음이 샘솟기 시작했다. 그러나 어려운 현실도 알고 있었다. '혹여나 나를 찾지 않아도 좋은 후원자님을 만나면 나를 키워 주시겠지?' 했다.

중학교에 들어가고 알아차렸다. 나는 이미 늦었다는 걸. 입양하기에는 나이가 꽤 있어서, 자아가 완전히 자리 잡은 아이를 입양하는 건 어려웠다. 그렇게 나의 첫 번째 꿈이 사라졌다.

나는 친구가 모르는 것을 설명해 줄 때 짜릿함을 느꼈다. 선생님께서 알려 주셨지만, 이해하기 어려운 문제를 내가 쉽게 풀고 친구들의 눈높이에 맞춰서 설명해 주었다. 친구들은 나를 통해서 몰랐던 문제를 풀 수 있었다. 이 과정에서 생각했다.

'아, 나 어쩌면 선생님이 적성에 맞을지도…?'

하지만 중학생 때 반항의 길을 걸으면서 학습 속도가 느려졌다. 수업 시간에 집중하지 않으면서 모르는 영역도 많아졌다. 내가 가진 재능은 내가 노력하지 않아서 사라졌다. 시설 선생님은 나에게 왜 안 하던 짓을 하냐며, 네가 모범이 되어야 동생들이 본받지 않겠냐고 하셨다. 시설 선생님께서는 선생님이 되려면 성적을 상위권으로 유지해야 한다고 하셨다. 나는 어느덧 이 상황이 부담스러웠다. 꿈을 이루기도 전에 지쳐 있었다.

나는 초등학생 때 한 번 100점을 맞은 것으로 우쭐해했다. 상위권의 친구들은 모든 과목에서 100점을 받고도 부모님께 혼나면서 학원에 다니며 공부했다. 나는 보육 시설 내에서만 뛰어난 것이었지, 사회에 나가니까 중위권조차 안 됐다. 그동안 겸손하지 못했다는 걸 알게 되었다.

나에게 특출난 재능은 없었다. 운동 신경은 시설 친구들보다 평범했다. 공부도 비슷했다. 그렇게 나의 자신감은 점점 바닥을 찍고 있었다. 나는 공부에서 멀어져 갔다.

고등학교에 진학한 후, 마음을 다잡았다. 퇴소를 앞둔 시점에서 문득 내가 아무것도 하지 않고 살았다는 깨달음을 얻었다. 이대로 있으면 퇴소까지 이룬 것이 없을 거라는 생각이 들었다. 공부해야겠다고 마음을 먹고 진도를 따라가려고 노력했다. 이해되지 않는 부분이 생기면 전에는 대충 넘겼을 문제도 다시금 곱씹어 봤다. 그래도 이해가 되지 않으면 선생님께 찾아가서 이해하기 어렵다고 쉽게 풀어달라고 했다. 조금씩 내용이 귀에 들어오기 시작했다.

그렇게 반에서 3등, 전체 6등이라는 성적을 얻게 되었다. 학교에서도 최대한 나쁜 일에 휘말리지 않으려고 노력했다. 나도 노력하면 해낼 수 있다는 걸 몸소 깨달았다. 내가 가진 재능은 노력이었다. 종종 친구들은 나로 인해 선도위원회가 열렸을 거 같다고 어림짐작했지만, 나는 단 한 번도 지각이나 말썽을 부린 적이 없었다. 성실하게 내가 해야 할 것을 해내고 있었다.

학창 시절 내내 성적도, 운동도 중간이 싫었던 나는 최고가 되려고 노력, 또 노력했다. 하지만 한계는 존재했다. 배울 수 있는 금전적인 여건이 되지 않아서 배우지 못했고, 결국 도전하는 것이 무서워졌다. 어른이 된 나는 튀지도, 그렇다고 모나지도 않은 사람으로 자랐다.

내가 가진 모양은 네모였다. 나는 모서리가 뭉툭해서 언뜻 동그라미처럼 보이는 사람이었다. 그렇게 나는 동그라미들 사이에서 네모난 티를 내지 않으려고 노력하며 살았다. 내리막길을 유연하게 잘 구르는 동그라미 뒤로, 덜컹거리면서 열심히 따라갔다. 하지만 이런 노력에도 속도는 달랐다. 동그라미들은 그 목적지를 향해 빠르게 도달했다. 네모는 장애물을 만날 때마다 어김없이 멈추며 더디게 나아갔다.

생각보다 큰 장애물을 만나면, 네모는 누군가가 다시

밀어주지 않는 한 앞으로 나아가기 어렵다. 이런 네모와 같은 나를 밀어주는 존재가 '몽실'이라는 단체이자 나의 시설 선배들이 아닐까 싶다. 항상 주춤하는 나를 믿고 응원해 주는 사람들 덕분에 지금은 두려움 없이 도전하고 또 도전한다. 이제 새로운 시도 앞에서 무섭다고 피하는 일은 없다. 실패하더라도 옆에서 지지해 주는 사람들이 있기에, 기꺼운 마음으로 전진한다. 하지 않아서 후회하기보다 부딪히고 경험을 쌓으며 성장하는 게 즐겁다.

나의 도전은 계속될 것이다. 꿈도 찾아가는 중이다. 나는 여러 가지를 도전하면서 꿈을 찾을 것이고, 그 과정에서 얻는 경험을 도전이 무서운 후배들에게 이야기해 주고 싶다. 후배들의 손을 맞잡고 함께 전진하자고 말하고 싶다. 두려움으로 주춤하기에, 우리는 아직 어리다. 너 나은 삶을 살겠다고 도전하는 청춘을 무시할 사람은 없다. 오히려 꿈을 향해 달려가는 사람을 위해 기도하고, 또 기도할 것이다. 평탄하게 흘러가지만은 않을 것이다. 다만, 옆에서 지지해 주는 사람과 함께라면 언제든 이겨 낼 것이다. 나는 나의 결정을 믿는다.

나를 향한
편견

✳

중학교 때 일이다. 한번은 선생님께서 개인 정보를 확인한다면서 집 주소와 이름, 생년월일이 적힌 종이를 칠판에다 붙이고는 확인하고 사인하라고 하셨다. 나는 그때 같은 시설에 사는 친구와 같은 반이 되지 않아서 친구들이 자신과 다른 점을 발견하지 못했다.

그런데 같은 보육 시설에 사는 두 명의 친구는 같은 반이었다. 두 친구의 집 주소가 같으니, 이걸 본 누군가가 얘네는 왜 주소가 같은지 물었다. 친구들은 주소를 검색해 봤고 보육 시설이라고 적힌 것을 확인했다. 이후로 두 친구가 보육 시설에 산다는 걸 떠벌리고 다녔다. 그 소문이 나에게도 들려왔다. 그 친구들은 의도치 않게 시설에 사는 것이 밝혀져서 친구들의 편견 속에서 살아야 했다. '보육 시설'은 1년 내내 꼬리표처럼 붙어 다녔다.

나는 그 시선이 무서워서 그때부터 '숨겨야겠다'라고 마음먹었다. 보육 시설은 부모님이 없는 친구들이 오는 곳이기도 하지만 가정에서 외면받고, 폭행당한 친구들을 보호하는 곳이기도 하다. 일반 친구들에게는 보육 시설은 부모 없는 애들이 모여 사는 곳이고, 측은한 사람이 사는 곳이었다.

보육 시설에 사는 사람은 불쌍하지 않다고 이야기하고 싶었다. 하지만 그 말을 하게 되면 나도 보육 시설에서 산다고 말하는 꼴이 되어서, 마음속으로 항변했다. 그리고 나도 다른 친구들처럼 시설에서 사는 친구들과 멀리했다.

어느덧 고등학생이 되었다. 고등학교에 진학 후 친해진 친구 몇 명에게만 나의 비밀을 말했다. 사실 비밀을 털어놓을 때 심장이 무척 뛰었다. '친구들이 이제 나랑 친구를 안 해주면 어떡하지'라며 두려워했다. 내게 큰 용기가 필요한 말이었다.

근데 친구들은 나의 얘기를 듣고 "말하기 어려웠을 텐데, 말해 줘서 고마워. 이렇게 다른 시작점에서 출발했는데 너무 밝게 자란 거 같아"라며 나를 다독여 주었다. 그때 눈물이 났고, 감추고 싶던 비밀을 털어놓고 나니 속이 시원했다.

나의 약점이라고 생각했던 부분을 친구들은 거리낌 없이 받아들였다. 나를 모르는 사람들은 종종 내가 '부모님께 사랑을 많이 받고 자란 거 같다'라고 말했다. 하지만 나는 부모님이 아닌, 사회복지사라는 직업을 가진 선생님들과 어디서 어떻게 온 건지 모르는 친구들과 함께 지내고 살아왔는데 사랑을 많이 받고 자란 거 같다니 모순처럼 느껴졌다.

뭐가 되었든 나를 키워 주신 선생님도 엄마나 다름없고 같이 살던 언니, 오빠, 친구도 가족이나 다름없었다. 아직도 보육 시설에 대한 편견을 가진 사람들이 있다면 이렇게 말하고 싶다. 부모가 없는 친구들이 모인 곳이 아니며, 보호를 위주로 하는 곳이라고. 보육 시설 내의 관계는 또 다른 형태의 가족이다. 나는 고등학교 친구들이 해준 위로의 말을 발판 삼아 열심히 인생을 살아가고 있다. 측은한 시선으로 보지 말고 잘 커 왔다고 다독여 주면, 그 응원에 힘입어서 인생을 열심히 살 수 있지 않을까?

세상 모든 것에 감탄하는
지혜로운 사람들의 공간
호밀밭

이러려고 겨울을 견뎠나 봐

ⓒ 2024, 몽실

초판 1쇄	2025년 1월 3일
지은이	몽실
펴낸이	장현정
책임편집	김경은
디자인	김희연
마케팅	최문섭, 김명신
펴낸곳	호밀밭
등록	2008년 11월 12일(제338-2008-6호)
주소	부산광역시 수영구 연수로 357번길 17-8
전화	051-751-8001
팩스	0505-510-4675
홈페이지	homilbooks.com
전자우편	homilbooks@naver.com
ISBN	979-11-6826-208-9 (03810)

이 책은 희망친구 기아대책 자립준비청년 당사자 프로젝트
'마이리얼캠페이너'의 일환으로 제작되었습니다.